악의 회고록

KB079057

악의 회고록

김연진 장편소설

네오픽션

차례

친애하는 에스투스

자네의 말이 맞았네.
나는 자네에게 몹쓸 짓을 했고,
어떤 순간에도 온전히 자네를 위한 말을 뱉었던 기억이 없다네.
내 과오를 되돌릴 수 없다는 걸 잘 알고 있네만,
단 한 번만이라도 자네에게 속죄할 기회를 주겠나?

이제 세상에는 악이 만연하다. 원래 그들에게는 없었던 것, 인탈리엔에 존재하지 않았던 그것을 내가 만들고 에스투스가 전달했다. 이렇게까지 일이 커지리라고는 생각지 못했다. 드넓은 인탈리엔에서 악한 인간이라고는 고작 나 하나, 평생을 그렇게 살아왔는데. 인탈리엔의 위대한 스승이자 나의 유일한 벗이었던 에스투스는 이제 내 손이 미치지 않는 곳에 있다. 늦었지만 이제라도 전해야 한다. 그에게 닿기 위해 나는 펜을 들었다.

이것은 나의 생 전체를 담은 회고록이다. 티 없는 세상의 유일한 돌연변이로 태어난 내가 어떻게 이 세상을 살아왔는지에 대한 기록이며, 나의 벗 에스투스에게 남기는 죄인의 마지막 변명이다. 내 삶의 종장에 이르러서야 깨닫게 된 진실이 그에게 고스란히 전해지기를 간절히 소원한다.

언젠가 그에게 물었다.

"이 세계는 이상해. 여기에는 어떤 규칙도 없어. 너희가 무슨 생각을 하고 있는지, 무얼 바라며 살아가는 건지 도통 알 길이 없단 말이야."

　그는 대답을 서두르는 대신 천천히 창밖으로 고개를 돌렸다. 그때 보았던 투명한 웃음이 이제 와 마음에 사무친다.

　"어디를 봐도 선명한 녹색이 먼저 눈에 들어와. 나이 든 나무들은 오래도록 제자리를 지키고, 막 돋아난 새싹들은 부드러운 바람에 춤추고 있지. 말루스, 우리는 이 아름다운 땅 인탈리엔의 일원으로 태어난 거야. 이미 가장 큰 기쁨이 주어졌는데 더 이상 무엇을 바라겠어?"

Chapter. 1

악의 탄생
악의 발달

악의 탄생

나는 태어날 때부터 남들과 달랐다. 내가 나와 남을 구분하게 된 이래로 쭉, 나의 세계는 둘로 나뉘어 있었다. 그리고 명백하게, 나는 그중 한쪽에 더 가까운 사람이라고 확신했다. 둘로 나뉜 세계에 각각 이름을 붙이고 싶었지만 그럴 수 없었다. 또래 아이들도, 공동체의 선생도, 사랑하는 나의 노인조차도 내 절반의 세상을 이해하지 못했다. 그 어떤 책에도 내가 사는 세상은 등장하지 않았다.

내가 남들과 다르다고 처음 느낀 때가 아마 여덟 살 무렵일 것이다. 인탈리엔의 전통에 따라 나는 초급 교육기관인 씨앗 공동체에 다니게 되었다. 집에서 가장 가까운 호숫가에 자리 잡은 반듯한 목조건물로 기억한다. 당시 내 옆자리에는 체구가 작고 동그란 안경을 낀 아이가 앉아 있었다. 늘 얼굴에 미소를 띠고 있었다는 점에서 대부분의 아이들과 특별히 다를 건 없었다. 다만 내가 유년기의 그를 기억하는 까닭은 마침 옆자리에 앉은 내게 시도 때도 없이 말을 걸어왔기 때문이다. 그는 자신이 재미있게 본 책이나 좋아하는 물건 따위를 내게 보여주려 했다. 나는 대체로 관심을 보이지 않았는데, 그 애는 지치는 기색도 없었다.

"이것 봐, 말루스. 내가 가장 아끼는 펜이야. 콩자반처럼 윤기 나는 까만색이 참 예쁘지 않니?"

"어, 예쁘네. 어제도 보여줬잖아."

특히 기억나는 것은 몸통이 까만 펜 한 자루인데, 아버지께 선물받은 가장 아끼는 물건이라고 했다.

"게다가 이렇게 글씨를 쓸 때는 서걱서걱하는 소리도 난다? 매일 아침 어머니가 사과를 깎아주실 때 나는 소리와 비슷해서 듣고 있으면 기분이 참 좋아져. 말루스, 너도 들어볼래?"

"아니, 난 괜찮아. 그리고 나는 이제 공부해야 하니까 말 걸지 말아줄래?"

"웅! 그럼 이 펜이 궁금해지면 꼭 얘기해줘. 언제든 빌려줄 테니까."

"웅, 그거 참 고맙네."

내가 더 이상 그 애의 자랑을 들어주지 않으면 이내 앞뒤에 앉은 친구들에게 순번이 돌아갔다. 그들은 이미 몇 번이나 펜을 구경했으면서도 매번 처음인 것처럼 놀랐다. 솔직히 내 눈에도 그 펜은 좋아 보였다. 그래서 내 것으로 만들고 싶었다. 내 필통 깊숙한 곳에 찔러 넣고 아무도 쓰지 못하게 꽁꽁 잠가 두어야 속이 후련할 것 같았다.

아무리 봐도 이런 생각을 하는 건 나뿐인 듯했다. 기분이 그다지 유쾌하지 않았다. 열심히 펜 자랑을 늘어놓던 그가 화장실에 간 사이, 나는 무심결에 펜을 집어 들었다. 처음으로 자세히 구경해 보니 반질반질한 검은색이 영롱했다. 그때 창 너머로 그가 돌아오는 것이 보였다. 나는 들고 있던 펜을 순식간에 뒤로 숨겼다가 가방 앞주머니에 휙 집어넣었다. 나는 내 행동에 몹시 놀랐다. '지금 내가 무슨 짓을 한 거지?' 당황한 나는 펜을 제자리에 돌려놓을 기회를 놓쳐버리고 말았다.

"어? 내 펜이 어디로 갔지? 분명 책상에 두고 갔는데⋯⋯."

자리로 돌아온 그 아이, 에스투스는 바람에 흔들리는 풀꽃처럼 열심히 고개를 갸웃거렸다. 책상과 바닥을 오가던 그의 시선은 이내 옆자리에 앉은 내게로 꽂혔다.

"말루스, 혹시 내 펜 봤어? 몸통이 까맣게 윤기 나고 좋은 소리가 나는 펜인데⋯⋯."

귀에서 쿵쿵하고 심장 뛰는 소리가 들렸다. 그 커다란 박동은 내 행동이 '좋지 않은' 일이라는 사실을 열심히 설명하고 있었다. 내가 펜을 가져간 사실을 모두가 알게 되면 난 어떻게 되는 걸까. 어쩌면 다 함께 달려들어 에스투스의 펜뿐만 아니라 내 물건을 전부 가져가버릴지도 몰랐다. 내가 아끼는 지우개도 공책도 책가방과 신발까지도 전부! 순간 가슴이 덜컥한 나는 에스투스가 고개를 반대로 돌렸을 때 펜을 다시 돌려놓을 수 있을지 고민하기 시작했다. 그러나 이제는 모두가 에스투스를 향해 걱정스런 눈빛을 보내고 있는 터라, 바로 옆에 앉은 나는 함부로 움직일 수가 없었다. 찰나의 시간 동안 입이 바짝바짝 말라갔다.

얼마 지나지 않아 에스투스는 다른 친구에게서 연필 한 자루를 건네받았고, 곧 즐겁게 웃어 보였다. 내게는 아무런 일도 일어나지 않았다. 어째서 주변 사람에게 따져 묻지 않았는지, 왜 그토록 빨리 자신의 것을 포기했는지 어린 나는 이해할 수 없었지만 다행히 상황은 일단락되었다. 내가 펜을 가져간 사실이 들통나면 안 되었으므로, 그것을 한 번 써보지도 못한 채 가방 속에만 넣어두었다. 그리고 금세 잊어버렸다. 한참 시간이 지나 가방을 바꿀 때가 되어서야 그 펜을 발견했던 것으로 기억한다.

✠

　열 살 정도가 되었을 때, 내가 거짓말을 할 수 있다는 사실을 깨달았다. 정확히 말하자면 이미 오래전부터 거짓을 말하고 있었지만, 그것이 '거짓말'이라는 사실을 그때 알게 되었다고 하는 게 맞을 것이다. 놀랍게도 나는 누군가에게 사실이 아닌 것을 믿게 할 수 있었다. 가령, 내가 가위바위보를 시작하기 전에 거짓으로 가위를 낸다고 말해주면 상대는 무조건 바위 혹은 보를 냈다. 이 법칙은 한 번도 깨진 적이 없었다. 처음 이 사실을 알고는 적잖이 놀랐다. 특히 보자기를 낸 친구들이 의아했다. 그들은 내가 가위를 낼 것을 알고 있었고, 이기려면 바위를 내야 했는데도 절반 정도는 꼭 보자기를 냈다. 이유는 다음과 같았다.

　"내가 간식을 사거나 청소를 대신 하게 되면 말루스가 기뻐할 테니까."

　나는 이해할 수 없었다. 그래서 이번에는 바위를 냈던 친구들에게 이유를 물었다.

　"나를 위해 미리 가위를 낼 거라고 알려줬잖아. 내가 이기길 바랐던 거지? 그 고마운 마음에 보답하고 싶었어."

　이쪽은 보자기를 낸 애들보다 더 이상했다. 져도 좋고 이겨도 좋다면 내기는 왜 한단 말인가? 나는 그들이 나를 위하는 흉내를 낸다고 생각해 언제 어디서든 가위바위보를 할 때면 가위를 내겠다고 미리 선언했다. 물론 그 뒤로도 결과는 언제나 같았다. 이기거나 지거나. 확률은 반반이었다.

가위바위보뿐만 아니라 일상에서도 그들의 태도는 한결같았다. 그들은 귀로 들어오는 모든 말을 그대로 믿었고 틀에 박힌 듯 뻔한 답만을 내어놓았다. 덕분에 친구들과의 대화는 늘 같은 곳을 맴돌았다.

다행히 내게는 이 이해할 수 없는 일들에 대해 상담을 요청할 사람이 있었다. 내가 존경의 의미를 담아 노인이라고 불렀던 사람. 그는 내 유일한 가족이자 인탈리엔에서 가장 현명한 사람인 나의 할아버지였다. 그는 내가 어떤 말을 해도 필요 이상으로 반응하는 일이 없었다. 그래서 나는 편한 마음으로 가위바위보에 대한 것을 털어놓았다. 그는 대화를 시작하기에 앞서 내가 어떻게 거짓을 말할 수 있었는지를 먼저 물었다. 그 답은 외려 내가 더 궁금했기 때문에 "그냥 할 수 있었다"고 사실대로 말했다. 노인은 나의 기묘한 가위바위보와 친구들의 반응에 대해 짐작한 바를 들려주었다.

"우리 인탈리엔 사람들은 존중을 가장 중요한 가치로 여긴단다. 모두가 예외 없이 그렇지. 친구들은 말루스 네가 가위를 낸다는 사실을 무조건적으로 믿었을 거다. 그러지 않는 방법을 애초에 모르기 때문이지. 서로를 무한히 존중하는 방식은 모든 의견을 소중히 여길 수 있게 하지만, 동시에 결정이 필요한 상황에서 진전을 바랄 수 없다는 한계를 갖는단다. 그래서 옛 선조들이 만들어낸 방식이 바로 가위바위보야. 서로의 의견이 모두 좋은 것임을 인정하면서도 완전한 운에 따라 그중 하나를 고를 수 있도록 한 거지. 이는 서로가 무엇을 낼지 모른다는 전제가 깔려 있어야만 성립하는 방식이란다. 그런 점에서 정답을 먼저 알려주는 너의 방식은 참으로 신기하구나. 이런 예는 들어본 적이 없어."

오랜 세월을 살아온 그조차도 나 같은 사람을 본 적이 없다니. 나는 조금 가늘어진 목소리로 질문을 이어갔다.

"가위바위보를 이기려고 하는 게 아니었다고요? 그건 정말 이상해요. 하지만 무슨 말씀이신지는 알겠어요. 그런데 왜 누구는 바위를 내고, 또 누구는 보자기를 낸 거죠? 나 빼고 다들 비슷한 생각을 하고 산다면 행동도 하나로 통일되어야 하는 게 아닌가요?"

"물론 인탈리엔 사람들은 대체로 비슷한 가치관을 갖고 비슷한 생각을 하며 살지만, 개인의 성향이라는 것은 분명히 존재한단다. 영광을 좇으면서도 드러내기를 조심하는 이들이 있고, 아직 위대한 인탈리엔의 정신을 완전히 깨우치지 못했음에도 소리 내어 말하기를 좋아하는 이들이 있지. 그것은 그들이 특별히 더 대단하거나 부족해서가 아니란다. 그냥 그렇게 살아가는 것이 그들에게 맞고, 행복을 가져다주는 방식인 게지. 우리는 서로의 행복을 존중하는 데 심혈을 기울인단다. 너에게 가위바위보를 일부러 져준 아이도, 이긴 아이도 결국은 그 자신과 너를 위해 그렇게 했다는 점에서 같은 마음을 가진 거라고 볼 수 있겠구나. 그리고 분명 말루스 너의 거짓말 또한 서로의 행복을 위한 것이었겠지. 아직 이유를 깨닫지 못했을 뿐, 존중은 의식하지 않아도 배어나는 법이란다."

과연 노인다운 대답이었다. 그는 나의 독특한 사고방식과 가치관을 바꾸려 들지 않았다. 그는 어떤 상황에서도 나를 무조건 지지했다. 이유는 아직 모를지라도 내 행동이 인탈리엔의 정신에서 벗어난 것은 결코 아니라고, 언젠가 내가 그것을 알게 되는 날이 올 거라고 다독여줬다.

그가 나의 본질을 이해하는 것이 불가능하듯 나 역시 그의 말을 온전히 받아들일 수는 없었지만, 적어도 일시적인 마음의 안정과 위로를 얻을 수 있었다. 그리고 그 따스한 착각 덕분에 나는 공동체를 졸업할 무렵까지도 내가 세상에 섞일 수 있는 사람이라고 믿을 수 있었다. 안타깝게도.

✠

"우리는 이 아름다운 땅, 인탈리엔의 일원으로 태어났습니다. 인탈리엔의 사람들은 모두 공동체에 속해 살아갑니다. 공동체는 보통 나이에 따라 씨앗, 싹, 줄기, 잎으로 뻗어나가며, 여러분은 현재 가장 초급 단계인 씨앗 공동체에 속해 있습니다. 우리는 이 영광된 삶을 앞서 겪어본 자들 즉, 잎 이후의 공동체인 열매나 뿌리에 속한 분들을 선생이라고 부릅니다. 스승이라고 높여 부르기도 하죠. 감사하게도 저는 이 씨앗 공동체의 선생으로서 여러분의 의견을 듣고 소통을 돕는 영예로운 역할을 맡았습니다. 우리는 인탈리엔의 가장 어린 씨앗으로부터 가장 위대한 스승에 이르기까지, 서로의 의견을 존중하고 가르치고 배움을 기쁨으로 여기며 살아갑니다. 여러분은 앞으로 많은 사람들을 만나 삶을 배우게 될 겁니다. 그리고 언젠가는 누군가의 선생이 되겠죠. 여러분은 분명 훌륭한 어른이 될 겁니다. 그럴 수 있도록 최선을 다해 돕겠습니다."

내 또래들은 해가 뜨면 지역의 배움 공동체에 모였다. 아이들은 이곳에서 인탈리엔의 역사와 미래에 대해 배우고 장차 공동체의 훌륭한 일원으로서 사회를 구성할 것을 꿈꾸었다. 하지만 이곳에서 보고 듣는 모든 것들이 나에게는 먼 이야기처럼 느껴졌다. 이 세계에는 어딘가 신비스러운 구석이 있었고, 어린 시절의 나는 본능적으로 그것을 감지하고 있었다. 내 눈에 저들은 너무 순진하고 싱거워 보였으며 그들의 말은 이해할 수 없는 것들투성이였다. 가위바위보의 비밀과 지혜로운 나의 할아버지 덕분에 그들의 사고방식을 어느 정도 알게 되었지만, 그게 모든 걸 설명해주지는 않았다. 나는 이 거대한 세계가 나에게만 무언가 중요한 것을 감추고 있다고 여겼다. 그것은 밝디밝은 인탈리엔의 뒷면에 존재하는 것, 어딘가 어둡고, 습하고, 발목에 끈적하게 엉겨드는 무엇이었다. 그때의 나는 어렴풋이 느꼈을 뿐이지만, 나만이 알 수 있는 이 작은 이질감은 보통의 아이들과 나를 전혀 다른 방향으로 이끌어가고 있었다.

　씨앗 공동체에서는 선생에 의한 교육이 주를 이루고 나머지 시간에는 아이들끼리 자유롭게 의견을 나누었다. 상급 공동체로 갈수록 교육보다는 담론의 비율이 높아지는 식이었다. 나는 수업에 전혀 집중하지 못했다. 선생이 가르치는 내용에는 알맹이가 없어 보였다. 그것을 지적하고 싶었지만 아직 논리가 제대로 정립되지 않았던 어린 내게는 불가능한 일이었다.

표출되지 못한 답답함은 계속해서 쌓여갔다. 나는 친구들과의 대화에서도 알게 모르게 점점 날카로운 태도를 취하게 되었다. 그러다 씨앗 공동체를 거의 졸업할 무렵 처음으로 친구에게 나쁜 말을 했다. 담론 중에 일어난 일이었는데 그때의 상황을 자세히 기록해두지 않았던 관계로 지금은 그 친구의 이름도, 담론의 주제도 잘 기억나지 않는다. 그만큼 사소한 일이었다. 친구와 의견이 달랐던 나는 그를 쓰러뜨리기 위해 되도록 아픈 말을 쥐어 짜냈다.

"네 말은 틀렸어. 대체 왜 그렇게밖에 생각을 못 하는 거야? 넌 정말 아무것도 모르는구나!"

말하는 도중에 이미 실패했음을 알았다. 내가 알고 있는 단어들은 모두 저들의 세상에서 나왔고, 그중에 서로를 상처 입히기 위해 존재하는 말은 단 하나도 없었다. 그 아이는 고개를 갸웃할 뿐 자신이 무엇을 모르는지도 모르는 것 같았다. 나 또한 내가 무엇을 말하고자 했는지 전혀 모르고 있었다. 그저 그 말을 하면 친구가 아파할 거라는 생각이 본능적으로 들었는데, 정작 내 마음만 불편해졌다. 그래도 큰소리를 내고 나니 약간 속이 시원해진 느낌은 있었다. 이 이상한 감정은 분명 내가 통제할 수 있는 영역 밖에 있었다. 이번에는 담론에 참여한 아이들과 선생 모두 내 의도를 이해하지 못한 채 넘어갔지만 다음엔 어떨지 모를 일이었다. 나는 일단 지나치게 솔직한 감정을 드러내는 것은 자제하기로 했다. 대신 우회적으로 내 생각을 표현하는 법과 내 안에 있는 것들을 어떻게 말로 표현할 수 있을지 고민하기 시작했다.

그 시절 인탈리엔의 모든 이는 늘 행복과 영광에 대해서만 노래했다. 하지만 그들이 실제로 그것을 누리고 있는지는 의문이었다. 이 세상에서 나와 노인 정도를 제외한 모두는 뭐랄까, 살아 있는 사람처럼 느껴지지 않았다. 그들은 느릿느릿하고 밋밋했으며 무기질적이었다. 그러면서도 더없이 수다스러웠다. 그들은 주로 고맙다, 미안하다, 즐겁다 등의 몇몇 한정된 단어만을 사용하며 살아갔는데, 그들이 가진 것만으로는 내 감정 상태를 반의반도 표현할 수 없었다.

나는 주로 배고플 때, 피곤할 때, 내가 하고 싶은 것을 하지 못할 때 가슴속에 이상한 울컥임이 올라오는 것을 느꼈다. 그것은 고맙거나 미안한 종류의 감정과는 거리가 멀었다. 답답함에 속이 막혔다. 단단하고 찐득한 무언가가 식도와 심장 사이쯤 되는 어딘가를 꽉 막고 있는 느낌이었다. 심할 때는 무언가를 내려치고 싶어진다거나 한바탕 소리라도 지르고 싶은 기분이었다. 나는 이 느낌들을 어떻게든 표현하기 위해 부단히 노력했다. 정의되지 않는 감정을 느낄 때마다 노트 하나를 꺼내 그 느낌을 자세히 적기 시작했다. 나는 이 노트를 『말할 수 없는 사전』이라 부르며 내 방 제일 깊숙한 곳에 소중히 보관했다. 훗날 에스투스의 손을 거쳐 다시 내게로 돌아오게 되는 이 사전은 지금 회고록을 작성하는 데 많은 도움이 되고 있다.

계속되는 노력과 노인의 도움에도 불구하고 내 안의 무언가를 정의하는 일은 지지부진하게 흘러갔다. 씨앗 공동체를 졸업하고 싹을 지나 줄기 공동체에 올라갔을 무렵까지도 상황은 좀체 나아지지 않았다. 나는 항상 조급했고, 가슴속에 무언가가 얹혀 있었다. 도대체 무슨 생각을 하고 사는지 모르겠는 동급생들은 물론이고 순진한 소리만 해대는 어른들도 전부 싫었다. 도움은 되지 않고 시끄럽기만 한 그들에게 조금씩 지쳐갔다. 그러나 그들은 도깨비바늘이라도 되는 것처럼 밀어낼수록 더 끈질기게 달라붙어왔다. 그들과 함께 있는 것만으로도 체력이 소모되었다. 그때의 나에게는 혼자만의 시간이 무엇보다 필요했다.

✠

모든 것이 혼란스럽던 그 시절 내 관심을 사로잡았던 존재가 있다. 그것은 주로 집 거실의 투박한 석재 난로 속에서 나를 반겼다. 작은 나무조각 따위를 먹이 삼아 고고하게 타오르는 모습을 보고 있자면 잠시간 머릿속이 조용해졌다. 늘 생각이 많았던 내게 그 잠시간의 평화는 아주 소중했다.

또래 친구들이 무리 지어 즐거운 시간을 보내는 동안, 혼자였던 나는 주로 불장난을 했었다. 수업이 끝나 모두가 집에 돌아가기를 기다린 나는 공동체 건물 뒤편에 혼자 남아 마른 솔잎이나 작은 나뭇가지 따위에 불을 붙이곤 했다. 불은 홀로 아름다웠다. 뜨겁고 화려한 동시에 여유로워 보였다. 무엇보다, 밖의 사람들과는 다르게 조용했다. 나는 불이라는 녀석이 아주 친근하게 느껴졌고 때때로 그 앞에서 한가로운 시간을 보냈다. 주로 태웠던 건 주변에 널린 마른 식물이었지만 가끔은 주머니 속 물건이나 주변에 지나가는 개미 따위를 집어 불 속에 넣어보곤 했다. 타닥타닥, 티딕티딕, 넣는 것에 따라 타는 소리가 달라서 듣는 재미가 있었다.

처음 만들어냈던 불은 보일 듯 말 듯한 작은 불꽃 정도였다. 그런데 작은 불은 가벼운 바람에도 금방 꺼질 듯 위태로워서 보고 있기가 힘들었다. 몸으로 애써 바람을 막아주어도 태울 것을 다 태워버린 불은 금세 사위어들었다. 그때마다 나는 다시금 시끄러운 세계로 내던져졌다. 불을 꺼뜨리지 않으려 주변에 널브러진 태울 거리들을 주웠고, 그걸로도 부족해 수업 때 쓴 공책 따위를 찢어 넣었다. 그렇게 위태로운 평화를 부여 잡기 위한 발버둥이 얼마간 계속되었다.

나의 불장난이 언젠가 끝나리라는 건 예견된 일이었다. 하지만 그 방식만큼은 전혀 예상하지 못했다. 꽤 큰 불을 만들게 된 어느 날, 훅 하고 불어온 바람이 근처 나뭇가지로 불씨를 실어 날랐다. 사방이 숲이고 나무인 그곳에서 불은 순식간에 번져나갔다. 화르르르륵. 곧 눈에 보이는 모든 곳이 불타올랐다. 사방에 연기가 자욱했다.

주변이 온통 검고 빨간 색으로 칠해졌다. 새소리, 물소리, 바람에 스친 낙엽의 노랫소리는 지워지고 무언가 활활 타오르는 소리밖에 들리지 않았다. 복잡하던 세상이 아주 명료해졌다.

거대한 불은 주변의 모든 것을 집어삼키고, 이제는 내 작은 머리통까지 태우려 들었다. 불씨가 튀었는지 머리카락이 빠르게 오그라들며 고소한 냄새를 풍겼다. 타닥타닥, 개미를 태울 때와 비슷한 소리가 났다. 그 소리에 귀를 기울이다 문득, 주변이 조용해졌음을 깨달았다.

내내 나를 괴롭혔던 시시한 잡념들이 한 줌의 재가 되어 날리고 있었다. 그토록 완전한 고요는 처음이었다.

불길의 중심에 우두커니 선 채 평화를 만끽하던 나는 무언가가 무너지는 소리에 화들짝 놀라 그대로 도망쳐 나왔다. 집에 도착하고 보니 불은 내 머리카락만 조금 태우고 떠나간 듯했다. 검댕을 잔뜩 묻힌 내 모습에 노인이 답지 않게 펄쩍 뛰었다. 나는 방문 뒤에 숨어서 상황이 잠잠해지기를 기다렸다.

그날은 밤새 잠들 수 없었다. 눈을 감으면 날름거리던 불길이 눈꺼풀 속을 기어다녔다. 천천히 기억을 되짚었다. 내 짧은 생에서 그토록 강렬하게 살아 있음을 실감했던 순간이 있었던가. 나는 그 환상적인 찰나를 표현할 말을 찾지 못하고 『말할 수 없는 사전』의 한 구석에 작게 적어 넣었다. 나조차 찾아볼 수 없을 정도로 조그맣게, 꾹꾹 눌러 적었다.

한동안 사람들이 불에 대해 떠들 때마다 노인은 자리를 피했다. 그는 거짓말을 할 수 없었으므로 대신 침묵하기를 택했던 것 같다. 혹여 실수할까, 사람도 자주 만나지 않았고 평소에도 말수를 많이 줄인 듯했다. 물론 내가 그의 의도를 이해하게 된 것은 내가 그때의 노인만큼이나 나이를 먹은 후의 일이다. 어린 내게는 그 소리 없는 배려가 너무 뜨거웠다. 모르는 사이 조금씩 조금씩, 그의 곁에 머무는 시간이 줄어든 것은 어쩔 수 없는 일이었다.

✠

　머리를 짧게 잘랐다. 나와 또래들은 타버린 건물 대신 근처의 다른 공동체로 옮겨 갔다. 불을 잃어버린 뒤로 나는 다시 지독한 갈증에 시달려야 했다. 노인의 곁에 있을 수 없게 됨으로써 나는 마지막 쉼터마저 잃어버렸다. 가슴이 답답한 걸 넘어 속이 뜨거워서 견디기 어려울 정도였다. 한동안 그런 상태가 지속됐고, 평소와 같은 어느 날 나는 더 이상 참을 수 없게 되었다. 내 안에는 이제 답답함이 쌓일 공간이 남아 있지 않았던 것 같다. 어쩌면 나의 생을 통째로 바꾸어놓은 일대 사건이라 부를 법도 하건만, 그 발단은 우스울 정도로 사소한 일이었다.

　열넷에 맞이한 어느 화창한 아침, 나는 가지만 남은 나무처럼 메말라 있었다. 그때의 나는 이미 세상에 혼자인 것처럼 인탈리엔과 동떨어져 있었다. 나의 사랑하는 노인은 어떻게든 나를 돕고자 했지만 당시 나는 누군가에게 기대기를 끔찍이 싫어했다. 갚아야 할 것이 생겼을 때의 더부룩함, 내가 상황을 온전히 제어하지 못하고 있다는 느낌이 몹시 싫었다. 나는 배가 고파도 음식을 달라고 하지 않았다. 머리가 펑펑 돌았지만 잠을 자지 않았고, 잔병에 걸려도 의사를 찾지 않았다. 오래전부터 느껴온 생소한 감정들을 아직 정의 내리지 못한 터라 내

내 머릿속이 복잡했고 밤에는 쉽게 잠들지 못해 극도로 피곤한 상태였다.

"말루스, 안색이 안 좋구나. 어디가 아픈 거니?"

"아뇨, 난 괜찮아요."

"그렇다면 배가 고픈 거야? 요새 식사를 거르는 일이 많지 않으냐. 잠시 있어라, 죽을 끓여 오마."

"아니요, 괜찮아요. 지금은 뭘 먹고 싶지 않아요."

"아니면 잠을 잘 수 있도록 조용한 노래를 들려주마. 말루스, 무엇이 문제인지 자세히 설명해주면 내가 널 도울 수 있어."

"할아버지, 난 괜찮아요. 아무 문제없어요. 그러니까 날 좀 내버려두세요."

"……그래. 미안하구나."

쓸쓸한 그의 얼굴을 보니 마음 한구석이 아려왔지만, 그 작은 통증은 이미 터질 듯 쌓여 있는 답답함에 비하면 그럭저럭 견딜 만한 것이었다. 그는 전과 다름없는 존중과 수용의 태도로 흔들리는 나를 인정해주었다. 덕분에 나는 계속 혼자인 채로 잎 공동체 시절을 보낼 수 있을 것만 같았다. 그러나 진짜 문제는 따로 있었으니, 바로 공동체 동급생들이었다. 파리한 안색에 지끈거리는 머리를 붙잡고 교실에 등장한 나를 그들이 가만히 내버려둘 리 없었다.

"세상에. 괜찮아, 말루스? 너 안색이 정말 안 좋아."

"응. 괜찮아."

"혹시 배가 고파서 그래? 우리 엄마가 빵을 싸주셨는데 이거 너 먹어."

"배 안 고파. 괜찮으니까 잠시 혼자 있게 해줘."

"아니면 피곤해서 그런가? 너 눈 밑이 까매. 네가 수업 시간에 좀 잘 수 있도록 선생님께 대신 말씀드려줄까?"

"하아…… 괜찮다고 했잖아! 제발 저리 가!"

이가 악물렸다. 그들이 대체 어떻게 날 도울 수 있다는 건가. 그들은 내가 느끼는 이 타는 듯한 갈증을 일평생 느껴본 적이 없을 터였다. 소리를 지르고 싶은 적도, 무언가를 부수고 싶은 적도 없었겠지. 이것은 나에게만 존재하는 감정이고, 자비로운 인탈리엔의 품 안에서 벗어날 일 없는 그들은 절대 나를 이해할 수 없을 것이었다.

나를 향한 그들의 관심은 차라리 동정에 가까웠다. 배를 곯는 짐승을 바라보는 눈빛, 쏟아지는 비를 미처 피하지 못한 벌레 따위를 바라보는 눈빛이었다. 그 눈동자들에 어린 무구한 진심이 나를 갈가리 찢어발겼다. 가슴이 울컥거렸다. 통증이 이는 부위를 주먹으로 쾅쾅 쳐봤지만 울렁임이 솟구치는 깊은 곳까지는 그 충격이 전해지지 않았다. 더 이상 참을 수 없어진 나는 건물 밖으로 뛰쳐나왔다. 답답한 마음에 머리를 쥐어뜯고 벽을 발로 찬 다음 손에 잡히는 대로 물건을 집어 던졌다. 그럼에도 풀리지 않는 무언가가 속에서 부글부글 끓어올랐다. 마침내 답답함이 극에 달한 순간, 한 번도 들어본 적 없었던 우렁찬 소리가 목구멍을 비집고 튀어나왔다.

"으, 으으……. 으아아아아아악, 악!"

커다란 화산이 폭발하듯 강렬한 소리. 몇 년간 꽉 막혀 있던 속으로부터 뜨겁고 거칠거칠하고 단단한 무언가가 목을 긁으며 쏟아져 나오는 것을 느꼈다. 불덩어리 같은 그것이 한참을 쏟아지다 마지막 조각이 목구멍을 빠져나오는 순간, 가슴이 뻥 뚫리며 시원한 쾌감이 느껴졌다. 그것은 나의 모든 표현법 중 가장 격렬하고 근원에 가까운 것이었다. 내 소리에 되레 내가 놀라 한동안 제자리에 굳어 있었다. 온몸이 불타듯이 뜨거운 와중에도 차갑고 끈적이는 피가 온몸 구석구석을 지나는 느낌이 들었다. 입술이 덜덜 떨렸다.

큰 소리를 들은 아이들이 건물에서 뛰쳐나왔다. 그들은 주위를 두리번거리다 이내 나를 발견하고 다가왔다. 그리고 특유의 동정 어린 눈빛을 앞세워 나를 동그랗게 에워쌌다. 어김없이 쏟아지는 괜찮냐는 말들. 헉헉거리며 숨을 고르던 나는 이내 몸에서 힘을 풀었다. 그리고 아주 안정된 목소리로 답했다. "난 괜찮아. 모두 걱정해줘서 고마워." 그때 친구들의 눈에 비쳤을 내 얼굴은 아마 기뻐 보였으리라 생각한다.

집으로 돌아온 나는 서둘러 『말할 수 없는 사전』을 꺼냈다. 펜을 집어 들고 아무 데나 잡히는 곳을 펼쳤다가 다시 덮었다. 하얀 표지가 눈에 들어왔다. 나는 아주 강하게, 맷돌을 갈듯 여러 번 동그라미를 그렸다. 닳아버린 종이에 구멍이 뚫렸다. 나는 개의치 않고 작대기 네 개를 추가해 모양을 완성시켰다. 검고 진하게 그려 넣어진 'ㅇ ㅏ ㄱ'이라는 글씨. 그래, 이건 '악!'한 느낌이다. 숨길 수 없이 답답한, 참다 보면 결국 터져 나오는 가슴속 무언가를 나는 우선 '악'이라고 이름 붙였다.

✠

드디어 모습을 드러낸 악이 눈물 나게 반가웠지만 본능적으로 그것을 멀리하려 했었다. 인탈리엔 사람들은 대체로 '다른' 것에 익숙하지 않았다. 같은 것을 공유하고 같은 것을 추구하며 종래엔 같이 행복해지는 것이 그들의 존재 이유였기 때문이다. 그리고 나는 본질적으로 그들과 다른 종류의 사람이면서도 부정할 수 없는 인탈리엔의 일원이었기에 그 괴리에서 오는 고통을 홀로 감당해야만 했다. 어린 나에게는 가혹한 일이었을 것이다. 인탈리엔의 그 누구에게서도 악의 흔적은 보이지 않았다. 아무리 교과서를 뒤져 보아도 그 비슷한 것이 존재했다는 언급조차 찾을 수 없었다. 세상에 혼자 남겨진 듯한 기분 속에서 왜 나에게만 이런 일이 일어난 것인지 원망스러운 동시에 작은 호기심이 고개를 들었다. 나는 살아남기 위해 악의 실체를 파헤쳐보기로 했다.

우선 내가 어떤 상황에서 악에 가까워지는지 떠올려보니 보통 배가 고프거나 피곤할 때, 혹은 무언가 만족스럽지 못한 상태일 때가 많았다. 그럴 땐 아무것도 하고 싶지 않았고 옆에 사람이 있는 것도 싫었다. 지금까지 지켜본 바로는 나 이외에 이런 생각을 하는 사람은 없는 듯 보였기에 이 문제에 대해 여러 사람의 의견을 들어보기로 했다. 언제나 그랬듯 첫 대화 상대는 나의 할아버지, 현명한 노인이었다.

"할아버지, 나는 배고픔이란 불편한 감정을 왜 느껴야 하는지 모르겠어요. 배고픔에 대해 어떻게 생각하세요?"

"음, 배고픔이란 그야말로 축복이지. 사람은 배가 고플 때야말로 살아 있다는 것을, 그리고 살고 싶다는 것을 가장 절실하게 느끼지 않으냐. 우리가 곡식을 얻기 위해 일할 수 있고, 또 다른 굶주린 이를 위해 음식을 나눌 수 있는 건 모두 우리가 배고픔을 느끼기 때문이란다."

내가 오랜만에 먼저 대화를 시도하자 그의 목소리가 평소보다 활기를 띠었다.

"맞는 말씀이지만 그건 배가 부른 지금이나 할 수 있는 생각이죠. 당장 배가 고픈데 어떻게 남을 먼저 생각할 수 있겠어요?"

"우리는 배가 조금 고프다고 해서 큰일이 일어나지 않는다는 걸 알고 있잖니. 어차피 밥을 먹을 것이고 곧 행복해질 텐데 당장 문제 될 것이 없지. 그렇다면 나 말고 다른 배고픈 이를 함께 생각하는 것도 좋지 않겠니?"

"난 그게 안 된다고요. 나는 배가 고프면 마음이 조급해져요. 다른 일에 집중이 되지 않고, 가끔은 책상이나 벽 따위를 내려치고 싶어지죠. 할아버지는 그렇게 느껴본 적이 없나요?"

"글쎄⋯⋯. 미안하구나, 잘 모르겠다. 그래도 솔직하게 마음을 얘기해주어 고맙다. 앞으로는 네가 배고파 하기 전에 식사를 잘 챙기도록 하마."

"아니, 내 말은⋯⋯! 하아, 네. 고마워요, 할아버지."

노인은 당신의 이야기를 들려주고 내 이야기를 들어주는 두 역할을 모두 훌륭히 소화해주었지만, 내가 악을 이해하는 데 실질적인 도움이 되지는 않았다. 그는 인탈리엔 정신의 표본

과도 같은 인물이어서, 저 바깥 사람들의 생각이 멋스럽게 포장되는 것 이상의 효과는 없었다. 다음으로, 별 의미가 없을 줄은 알지만 동급생들의 생각도 들어보기로 했다.

"나는 잠을 못 자면 신경이 곤두서는 느낌이야. 주위 소리가 거슬리고 평소엔 아무렇지 않았던 누군가의 행동을 뜯어 말리고 싶을 때가 있어."

"이런, 말루스. 우리가 너에게 피해를 끼쳤구나. 미안해. 다음 수업 시간에는 네가 모자란 잠을 보충할 수 있도록 선생님께 부탁드려볼게. 선생님께선 이해해주실 거야."

역시나였다. 그들은 내 호소를 일종의 부탁으로 해석했다. 내 안의 악한 감정들을 최대한 자세히 설명하려고 했으나 그들은 보이는 것에만 집중했다. 처음에는 들어주고 해결책을 찾아주려 하다가, 내가 계속해서 이해할 수 없는 말을 하면 어떤 식으로든 사과를 했다. 아무리 노력해도 그 이상의 반응을 이끌어낼 수는 없었다. 몇 번의 시도 끝에 나는 그들을 이해시키기를 포기했다. 애초에 기대하지 않았으니 아쉬울 것도 없었다. 대신 나는 조심스럽게 악을 세상에 드러내보기로 했다. 어차피 그들이 이해할 수 없는 것이라면 직접 보여줘도 문제될 게 없을 터였다.

우선 거짓말부터 시작했다. '거짓말'은 나의 가위바위보 이야기를 듣고 노인이 붙인 이름인데, 역시 나에게만 존재하는 개념이므로 이해할 수 있는 사람도 실행할 수 있는 사람도 나뿐이었다. 없는 말을 길게 지어내기는 어려웠기 때문에, 나는 뛰어난 연극배우처럼 대사 하나씩을 정해 열심히 외웠다.

아주 맑고 화창한 어느 날 내가 말했다.

"내일은 비가 올 거야." 누구를 위한 것도 아닌 작고 사소한 거짓말이었다. 결과는 싱거웠다. 다음 날 보란 듯이 해가 떴지만 문제를 제기하는 사람은 아무도 없었다.

다음은 나를 속이는 거짓말이었다.

"머리가 아파요." 이 한마디면 담론에 참여하지 않거나 아예 공동체에 나가지 않아도 되었다. 게다가 조용히 혼자 있을 시간까지 얻어낼 수 있었다. 결과는 대성공이었다. 내가 할 일은 고작 눈을 감고 아프다고 되뇌는 것밖에 없었다.

이제 남을 속이는 일만 남았다.

"다 너를 위한 일이야." 이 한마디면 그들은 온 얼굴이 밝아졌다. 그러고는 물건이든 시간이든 기꺼이 내어주었다. 여러 번 시도하며 알게 된 사실인데, '너'를 위한다는 것보다 '우리'를 위한다는 말이 더 잘 먹혔다. 그들이 대체 무슨 생각으로 이러는지 이제는 별로 궁금하지도 않았다.

사실과 다른 일을 꾸며 얘기함으로써 나는 언제든 원하는 것을 가질 수 있었다. 아프지 않아도 수업을 빠질 수 있었고 아무런 이유 없이 용돈을 받아낼 수도 있었다. 일련의 과정을 거치며 누군가를 속이는 것은 금세 익숙해졌다.

다음으로 연습한 것은 남의 물건을 가져오는 일이었다.

탐스럽다는 표현이 있다. 『인탈리엔어 사전』에는 "싱그러운 과일 등을 볼 때 느끼는 풍만한 감정"이라고 적혀 있다. 종종 어떤 것들이 견딜 수 없이 탐스럽게 느껴질 때가 있었다. 특히 내가 가진 것보다 남의 손에 들린 것들이 더 그랬다. 그래서 가끔은 남의 물건을 말없이 가져와버리기도 했다. 그것은 마치 남의 밭에서 마음에 드는 작물을 고르는 것과도 같아서, 나는 그 행위를 '수확한다'고 표현했다.

당시 나는 거짓말보다 수확하는 일이 더 악하다는 것을 본능적으로 알고 있었다. 거짓말에 대해서는 노인에게 털어놓았지만, 내가 처음 수확했던 친구의 까만 펜에 대해서는 누구에게도 말하지 않았기 때문이다. 대상과 물건을 막론하고 내가 간절하게 부탁하면 거의 무엇이든 가질 수 있었지만, 이상하게도 몰래 수확하는 행동은 멈출 수 없었다. 처음 몇 번은 들키지 않을까 하는 생각에 가슴이 벌렁거렸지만 이내 익숙해졌다. 상황이 끝난 후에는 묘한 들뜸 같은 것도 느껴졌다.

앞서 말했듯 내 목적은 악을 드러내는 것이었기에, 수확한 물건 중 일부를 주인에게 직접 돌려줘보기도 했다. 놀라는 모습을 보니 속이 뜨끔했지만 예상대로 별일은 없었다.

"내 물건을 찾아준 거야? 정말 고마워, 말루스!"

그들은 내가 의도적으로 물건을 가져갔으리라는 생각 자체를 하지 못하는 것 같았다. 나는 안도했고, 그 짜릿한 감정에 맛 들여 한동안 수확을 계속했다. 문제가 되지 않는다는 걸 알았지만 왠지 찝찝한 마음에 가져온 물건들은 사용하지 않고 서랍 속에 넣어만 두었다. 처음 수확했던 펜 위로, 내 서랍에는 내 것이 아닌 물건들이 조금씩 쌓여가고 있었다.

거짓말과 수확. 두 가지 행위를 통해 내린 결론은 악이란 굉장히 편리하고 안전한 도구라는 것이었다. 다만 그렇게 취할 수 있는 이득이 마냥 무한하지는 않았다. 나는 그것들을 얻는 대가로 원인 모를 불편함을 감내해야 했는데, 계속해서 참아낼 만한 것은 아니었다. 그것은 내가 얻는 이득 자체보다, 남을 통해 이득을 취하려는 마음가짐에 비례하여 더욱 무겁게 나를 짓눌렀다. 혼자서는 절대 지워낼 수 없는 것이었다. 나는 악한 방식으로 얻은 것의 대가를 마음으로 치러야 했고, 대가의 크기를 결정하는 건 결국 내가 아닌 그들이었다. 나는 물질적으로는 풍요로웠으나 그만큼 빈약한 정신을 갖게 되었다. 하지만 상관없었다. 나는 아직 어렸고, 마음은 바닥이 보이지 않을 만큼 많이 남아 있었으므로. 언젠가 남은 반쪽짜리 마음도 떼어 가준다면 나는 잃는 것 없이 얻을 수 있게 될 것이었다. 그때까지 악을 마음껏 이용하기로 했다.

악을 나의 일부로 받아들인 후, 나는 내 행동과 말에 숨어 있는 악을 면밀히 분석해 이름 붙이는 작업도 함께 진행했다. 이름 붙이기는 악의 가장 큰 문제점인 답답함을 해소해주었기 때문에 꽤 열중했던 기억이 난다. 내가 느끼는 전부를 명확히 정의할 수는 없었지만, 시간이 갈수록 조금씩 체계를 갖추기 시작했다.

관찰한 바에 의하면 악이라는 것은 어떤 하나의 상태만을 의미하는 것이 아니었다. 거짓말을 예로 들자면, 거짓말을 하려는 마음은 악한 '의지'고 거짓말 자체는 악한 '행위'이며 그때 느끼는 불편함은 악한 '감정'이다. 특히 나에게 큰 영향을 주는 것은 감정이었다. 보통 '불편하다'라는 단어는 '다리가 불편하다' 또는 '숨쉬기가 불편하다'처럼 신체에 관련되어 쓰이는데, 악은 내 마음을 불편하게 했다. 가슴이 답답하고 가끔은 통증도 느껴졌다. 나는 편안하지 못한 상태를 통틀어 '불안하다'고 표현했고, 마음에 불안이 드리운 상태를 '드리움' 혹은 '두려움'이라 불렀다. 아무튼, 이것들은 인탈리엔의 기준으로 볼 때 무언가 좋지 않은 것이었다. 하지만 악을 통해 얻어낸 것이 마냥 악하기만 하냐고 묻는다면 그건 아니었다. 거짓말을 통해 얻어낸 보상 그 자체는 원래의 성질과 다르지 않았다. 거짓말로 용돈을 받았다고 해서 돈 자체가 악한 것은 아니다. 거짓말로 얻어낸 휴식은 오히려 내게 유익한 영향을 미쳤다.

이처럼 악이란 뭐라고 딱 잘라 정의 내리기 어려운 것이었다. 하지만 악한 의지, 행위, 감정의 절대적인 공통점이 하나 있었다. 그것들은 오직 나에게만 존재한다는 것이다. 이 세상의 누구도 악한 무언가를 가지고 있지 않았다. 이것이 내가 느꼈던 그들과 나의 근본적인 차이였으며, 남들은 모르는 반쪽의 세상을 살아가는 내가 태어날 때부터 짊어진 것이었다. 왜 나에게만 이런 일이 일어났는지, 어떻게 사람들은 악의 존재를 감쪽같이 모를 수 있는지는 여전히 이해되지 않았다.

악에 익숙해질수록 생활은 편해졌다. 내가 타인을 어떻게 대하는지와 무관하게 그들은 항상 호의적이었고 자신이 가진 것을 기꺼이 내어주었다. 세상이 아주 쉽게 보였고, 어떨 때는 저들 모두가 나를 위해 존재하는 사람들이 아닐까 하는 생각도 들었다.

✠

　나를 제외한 모든 것에 흥미를 잃어가던 와중에 친구 같은 게 있을 리 없었다. 그나마 초급부터 상급 공동체까지 함께 진학한 에스투스와 가끔 말을 섞는 정도였다. 물론 대부분은 그쪽에서 말을 걸어왔다. 관심이 없다는 걸 온몸으로 표출하는 내게 지치지도 않고 말을 걸었던 그 아이. 하루는 웃으며 내게 치근덕거리는 그에게 진심으로 궁금한 마음을 담아 물었다.

　"뭐가 좋아서 매일 그렇게 실실 웃는 거야?"

　"응? 그야, 즐겁지 않을 이유가 없으니까. 해는 눈부시고 공기는 따뜻하고 내가 사랑하는 사람들 사이에서 새로운 것들을 배워나간다는 것. 이 이상의 행복이 또 있을까?"

　"오늘 날씨는 좋게 말해도 보통이야. 오월이니 더운 것은 당연하고. 매일 보는 사람들과 매일 똑같이 지루한 수업을 듣는 게 도대체 뭐가 재미있다는 거야?"

　"오, 말루스. 그렇지 않아. 숨을 가볍게 들이쉬고 주변을 한번 둘러봐. 지금 우리가 이렇게 마주 보고 앉아 대화를 나누는 게 얼마나 많은 행운이 겹쳐 만들어진 순간인지 알고 있니? 어떻게 즐겁지 않을 수가 있겠어."

　"매사를 그런 식으로 바라보면 세상이 아주 꽃밭이겠구나.

하지만 에스투스, 행복은 결국 상대적인 거야. 학교에서 재미 없는 수업을 듣는 것보다 집에서 혼자 만화를 보는 게 더 행복 하고, 딱딱한 빵을 씹는 것보다는 기름진 고기를 먹는 게 더 행 복하지 않겠어? 매일이 행복하다는 건, 반대로 진짜 행복을 느 끼는 날이 하루도 없다는 것과 같아. 넌 그걸 인정해야 해."

"음, 난 여전히 지금의 내가 행복하다고 생각하지만, 그 말 에도 일리가 있는 것 같아. 확실히 난 혼자 있을 때보다 이렇게 너나 다른 친구들과 함께일 때가 더 행복하니까. 행복이 상대 적이라는 말에는 공감해. 새로운 사실을 알려줘서 고마워, 말 루스. 지금 이 순간부터는 작은 행복과 큰 행복을 둘 다 확실히 느낄 수 있도록 더 감사하는 마음을 가져야겠다."

"하, 그래. 내가 더 이상 무슨 말을 하겠어. 너는 그렇게 하려 무나. 열심히 응원할게."

말을 섞어 봐야 피곤하기만 하고 얻을 게 없었다. 하지만 이 녀석과는 계속 마주칠 수밖에 없었다. 집이 가까운 탓에 어린 시절부터 함께 자랐고, 이웃과 가족처럼 지내는 인탈리엔인들 의 특성상 그의 가족들도 종종 우리 집에 드나들었기 때문이 다. 덕분에 나는 계속 이 시끄러운 친구에게 시달려야 했다. 그 는 인탈리엔 청소년의 정석이라 해도 손색이 없을 만큼 싱거 운 인간으로, 그야말로 나와는 정반대였다. 홀로 진지하게 악을 고민하다가도 이 녀석을 마주칠 때면 그 평화로움에 같이 끌려 들어가는 것 같았다. 그래서 나는 공연히 그를 밀어냈다.

　이때까지만 해도 악이라는 것은 내 안에만 머물러 있었다. 그러다 우연한 계기로, 아니 어쩌면 필연적으로 일어났을 사건으로 인해 나의 악은 세상으로 흘러넘치기 시작했다. 불행히도 그것을 온몸으로 받아내야만 했던 작은 소년이 있었으니, 바로 이 회고록을 받게 될 나의 친애하는 에스투스다.

악의 발달

열일곱의 어느 날, 돌이켜 보면 모든 것의 시작이었던 '그일'에 대해 적을 차례가 왔다. 수치심에 몸이 떨리고 당장이라도 손을 멈추고 싶다. 하지만 그럴 수 없다. 이 회고에서 그날의 일을 빼면 아무것도 남지 않는다. 지독히도 후회스러운 그때를 향해 사과하는 것조차 이제는 할 수 없다. 내가 할 수 있는 것이라고는 고작 이 회고록을 끝까지 완성시키는 것뿐이다.

가능한 한 그때의 감정을 떠올려 토씨 하나 빼놓지 않고 진실된 이야기를 하고자 한다. 만에 하나, 이런 나에게도 단 한 번의 기회가 허락된다면 나는 기필코 이날로 돌아가리라. 내가 선택한 것이 아닌, 그저 흘러넘치도록 내버려둔 악이 얼마나 위험한 것인지 어린 날의 나는 알지 못했다.

✠

    악을 외면하던 단계는 진즉에 지났다. 악을 받아들이고 이용하는 것도 이제는 지겨워졌다. 모든 것에 시들해진 나에게는 무료함밖에 남지 않았다. 그런 내 눈에 끊임없이 띄었던 것이 그의 잘못이라면 잘못이리라.

    마침 심심했던 나는 평소처럼 싱글벙글 웃고 있는 에스투스를 가볍게 툭 건드려보았다. 내 쪽에서 그를 부르는 경우가 극히 드물었기 때문에 그는 곧바로 나를 돌아보았다.

    "별거 아니야. 팔에 먼지가 묻었길래."

    "아, 고마워. 말루스!"

    그는 웃었다. 참 한결같이 순진한 인간이라고 생각했다. 이후 며칠간 먼지를 털어준다는 이유로, 벌레를 잡아준다는 이유로, 혹은 실수로 에스투스를 툭툭 건드려보았다. 어떤 변명까지 허용할지 궁금했기 때문이다. 예상대로 그는 계속 웃어넘겼다. 처음에는 별생각이 없었는데 회차를 거듭할수록 점점 기분이 이상해졌다. 내가 굉장히 쓸모없는 짓을 하고 있다는 것을 자각해서였을까. 그를 건드리는 강도가 조금씩 올라갔다. 애초에 생각했던 것보다 점점 손이 강하게 나갔다. 주먹을 지르는 순간마다 속에서 무언가 퍽 하고 터지는 느낌이 들며, 이가 악물리고 충동을 참기가 어려웠다. 점점 힘 조절이 어려워질수록 감정에 휘둘리고 있다는 생각이 들었고, 그와 대비되는 에스투스의 순진한 웃음이 무언가에 불을 붙였던 것 같다. 나도 모르게 에스투스의 어깨를 아주 강하게 가격했다.

"악!"

그는 짤막한 비명을 질렀다.

"……어, 말루스? 왜 그래?"

크게 놀란 눈치였다. 생각했던 것보다 훨씬 세게 그를 때려버린 나도 당황스럽기는 마찬가지였다. 금세 숨이 가빠졌다. 그의 어깨에 닿았던 내 주먹도 욱신거리고 아파왔다. 어서 생각했던 변명을 내뱉어야 했는데 입을 열면 떨리는 목소리가 그대로 들통날 것 같았다. 에스투스는 왼손으로 어깨를 감싼 채 여전히 나를 바라보고 있었다. 머릿속이 하얗게 변했다고 느낀 순간 목구멍 깊이 억눌려 있던 진심이 나도 모르게 흘러나왔다.

"그냥."

정적이 흘렀다. 나는 이를 악물고 무표정을 유지했다. 앞으로 어떻게 되는 것일까. '때리다'라는 단어는 아이들이 공을 발로 차거나 대장장이가 쇠를 두드릴 때나 사용하는 동사다. 일찍이 사람이 사람을 때렸다는 이야기는 들어본 적이 없었다.

아마 인류 역사상 한 번도 일어난 적 없던 일일 것이다. 주먹이 나가는 순간에는 나도 나를 제어할 수 없었다. 아주 화끈한 느낌이 들었고, 일종의 짜릿함도 느꼈던 것 같다. 손톱이 파고든 손바닥에서 오는 아릿함과 악물었던 이의 묵직함이 여전히 몸에 남아 있었다. 언뜻 개운하고 후련한 느낌마저 들었다. 나는 내가 완벽히 통제하고 있다고 믿었던 악의 힘에 짓눌렸다는 사실이 놀라웠지만 가만 생각해보니 어딘가 익숙한 느낌도 들었다.

"그냥이라고?"

그는 습기 어린 눈을 동그랗게 뜨고 나를 바라보다가 잠시 후 어색한 웃음을 터뜨렸다.

"그냥……. 그럴 수도 있지. 아하하, 그냥!"

그는 또 웃었다. 경악스럽게도.

"왜 웃는 거야? 지금 내가 너를 때렸잖아. 에스투스, 이건 웃을 일이 아니야."

"그렇지만, 난 이런 걸 처음 겪어봤어. 조금 놀라긴 했지만 생각해보니 재미있잖아. 너 말고 누가 이런 식으로 사람을 깜짝 놀라게 할 수 있겠어? 나는 상상도 못 했던 방법이야. 대단해!"

제발 잘못 들은 것이길, 하고 나는 바랐다.

"그게 무슨 말도 안 되는 소리야? 상상할 수 없는 게 당연하지. 해서는 안 될 일이니까! 지금 너는 내게 이유를 따져 물어야 해. 그리고 사과를 요구해야지. 그게 맞는 방향이잖아?"

"에이, 사과는 무슨. 난 전혀 아무렇지도 않은데? 친구끼리 장난친 걸 가지고 사과라니, 당치도 않아. 그보다 손은 괜찮아? 세게 부딪힌 것 같은데 다치지는 않았어?"

등줄기가 서늘해지는 것을 느꼈다. 이건…… 아니다. 무언가 잘못되었다. 나에게는 명백히 잘못된 행동을 한 것에 대해 반성하고 값을 치를 기회조차 주어지지 않았다. 이렇게 지나가서는 안 되는 일인데. 이 믿을 수 없는 상황에서 정확히 어떤 부분이 문제인지 짚어낼 수는 없지만 분명 무언가 단단히 잘못되었다. 나는 멈추지 않고 계속해서 에스투스를 몰아붙였다.

"아니, 아니. 그게 아니지. 아니야, 에스투스! 지금 네가 해야 할 말은 그런 게 아니야! 뭐랄까, 크게 소리를 지른다든가! 나에게 달려든다든가! 주변에 사실을 알려서 네가 당한 일에 대해 호소해야 하는 거라고! 왜 도리어 나를 걱정하는 거야?"

"어? 아니, 그게……. 말루스, 너 괜찮아? 일단 진정해. 내가 다 듣고 있으니까 우리 천천히 얘기해보자."

여전히 침착한 에스투스의 태도에 오히려 내가 언성을 높이고 있었다. 나는 이 상황이 전혀 이해되지 않았고 내가 무슨 소리를 하는 건지 나조차도 알 수 없었지만, 도저히 말을 멈출 수 없었다. 큰 소리를 듣고 주변에서 아이들이 모여들었다. 자신이 무슨 일을 당했는지, 내가 왜 이렇게 답답해하는지 알 리가 없는 에스투스는 계속 나를 달래려 들었다. 나는 그가 내 생각대로 반응하지 않자 정말이지 답답해 죽을 노릇이었다. 어느새 미안한 마음은 홀연히 사라지고 부글부글 끓던 속이 쾅 터지며 한꺼번에 쏟아져 나왔다.

"악! 이 답답한! 그게 아니라니까!"

순간 실내가 쥐 죽은 듯이 조용해졌다. 생전 처음 큰소리를 들어본 에스투스의 눈에 눈물이 고였다.

"어? 나 왜 눈물이……."

우리는 서로 놀랐다. 인탈리엔에서 눈물이란 더없이 기쁠 때만 볼 수 있는 존재가 아니었던가. 그는 기어 들어가는 목소리로 말을 이었다.

"미안해, 말루스. 다 내 잘못이야."

나는 몹시 당황한 와중에도 마음을 삭이지 못했다. 에스투스의 눈물에 당황했고, 난생처음으로 내면의 악을 실오라기 하나 걸치지 않은 채로 내보였다는 사실에 놀랐다. 주변에서 쏟아지는 눈길이 하나씩 더해질 때마다 마음이 크게 요동쳤다. 에스투스가 내게 사과할 이유 따위는 어디에도 없었는데,

무엇이 미안한지도 모르면서 미안하다고 매달리는 그를 보고 있으니 배 속이 무언가 들어앉은 것처럼 묵직해졌다. 사과하고 싶었으나 그보다 먼저 갑갑함을 해소해야만 했다. 나는 주변 아이들을 붙잡고 호소했다.

"이봐, 친구들. 에스투스는 정말이지 아무것도 몰라. 아마 자기가 뭘 모르는지도 모를걸! 그는 항상 자신과 주위 사람들을 불편하게 만든다고!"

에스투스는 마침내 바닥으로 허물어졌다. 몰려든 아이들은 자세한 사정을 듣지 않고도 쉽게 내 말에 수긍했다. 애초에 그들은 누군가를 믿지 않는 법을 몰랐다. 내 말도 에스투스의 말도 열심히 믿을 뿐이었는데, 어쨌건 둘 다 이 상황이 에스투스의 잘못으로 인해 벌어졌다고 말하고 있었다. 아이들은 에스투스의 모자람을 철석같이 믿고는 그를 동정했다. 그리고 누가 먼저랄 것 없이 다 함께 그를 일으켜 세웠다. 비틀거리며 일어선 에스투스는 "부족한 점을 깨닫게 해줘서 고맙다"며 내게 고개를 숙였다. 대체 무슨 일이 벌어지고 있는 건지 알 수 없었다. 속이 심하게 울렁거리는 탓에 나는 그곳에서 뛰쳐나와야만 했다.

✠

그날 이후 에스투스는 금세 평소의 밝은 모습으로 돌아왔지만 어딘가 조금 달라져 있었다. 담론 시간에 보니 자신의 의견을 말해야 하는 상황에서 유달리 소극적인 모습이었다. 이전의 수다스럽던 에스투스와는 확연히 달랐다. 마치 자신이 무언가를 '모른다'는 사실을 극도로 경계하는 것 같았다.

나는 당연히 그와 멀어졌으리라 생각했지만 그는 오히려 내게 더 가까이 다가왔다. 단순한 관심이라기보다는 나에게서 뭔가를 찾으려 하는 것 같았다. "말루스, 이런 상황에서는 어떻게 해야 해? 이럴 때는? 그럼 이럴 때는?" 그는 무언가를 결정해야 할 상황이 올 때마다 나에게 의지했다.

"그걸 왜 나한테 묻는 건데?"

"그야, 내가 아무것도 모른다는 사실을 알려준 게 말루스 너니까. 나는 전혀 몰랐거든. 너는 뭐든 알고 있을 것 같아서."

"하아, 그게 무슨 말도 안 되는……."

에스투스의 눈물을 본 이후로 괜히 마음이 복잡해진 나는 그가 덜 답답하게 행동하도록 내 방식의 해결법을 들려주었다. 그는 내가 툭툭 던진 말들을 열심히 주워 담았다. 그러고는 절대 잊지 않겠다며 노트에 무언가를 끄적이곤 했다. 마냥 밀어내자니 불편한 마음이 발목을 잡았고, 그렇다고 끌어당기기에는 그는 나와 너무도 다른 사람이었다. 불편함 반 미안함 반으로 나는 그를 내버려두었다.

그렇게 한동안은 그와 애매한 거리를 유지했다. 그럴수록 에스투스는 내게 더 매달렸다. 에스투스는 내 말을 곧이곧대로 믿고 따랐다.

"말루스, 나를 좀 도와줘. 넌 아주 똑똑한 아이잖아. 난 혼자서는 아무것도 할 수 없어. 너처럼 될 수는 없겠지만 적어도 누군가를 답답하게 만들고 상처 입히는 사람은 되고 싶지 않아."

그는 나보다 낮은 곳에 있기를 자처했다. 그가 나를 추켜세우는 일이 잦아질수록 내가 에스투스를 그런 식으로 바꾸어 놓았다는 사실을 조금씩 잊어갔다. 심지어는 약간의 뿌듯함마저 느끼고 있었다. 악이라는 거대한 의문 덩어리에 사로잡혀 항상 묻기만 해왔던 내가 무언가 답을 하는 위치에 있다는 사실은 은근한 고양감을 안겨주었다. 내친김에 그에게 악을 조금씩 가르쳐보기로 했다. 심심하기도 했고, 나로서는 잃을 것이 없는 시도였다. 에스투스는 선생보다 나를 더 따랐고 나도 그 상황을 은근히 즐기고 있었다. 무엇보다, 느릿한 양 떼 같은 인탈리엔 인간들 사이에서 그처럼 능동적으로 움직이는 존재를 관찰하는 것이 처음이라 호기심이 동했다.

처음에는 내가 생각해왔던 악에 대해 말로 설명했다. 물론 에스투스는 거의 한마디도 알아듣지 못했다. 열심히 고개를 끄덕이며 듣고만 있었을 뿐, 어떤 식으로 악이 떠오르고 작동하는지는 전혀 이해하지 못했다. 몇 번의 시도 끝에 이론만으로는 답이 없다고 판단한 나는 그에게 실제로 행동하는 법을 가르쳐보기로 했다.

그를 때렸던 것을 제외하고 내가 했던 가장 악한 행위는 남의 물건을 수확하는 것이었다. 그럴 수밖에 없었던 게 수확은 필요하지 않은데 굳이 행하는 것이었기 때문이다. 거짓말을 잘 이용하면 그들은 스스로 소중한 것을 내어주었다. 고로 행위의 주체는 상대방이었다. 그런데 수확은 내 손으로 직접 해야 할 뿐만 아니라 상대방이 몰라야 한다는 조건까지 달고 있어, 보다 많은 마음의 대가를 지불해야 하는 일이었다. 내가 처음 수확했던 물건은 윤기 나는 검은색 펜이었는데, 공교롭게도 물건의 주인은 에스투스였다. 최초로 내 악의 대상이 되었던 이에게 이제 악을 가르치고 있자니 기분이 묘했다.

수확은 꽤 복잡한 절차를 필요로 했다. 먼저 누군가의 물건을 점찍어야 한다. 내가 쉽게 가질 수 없는 물건일 때 동기는 더욱 커진다. 목표를 계속 주시하다가 주인이 자리를 비웠을 때 재빨리 움직인다. 이때 망설이면 일을 그르칠 수 있으므로 주의한다. 성공할 경우 심장이 빠르게 뛰는 등 몇 가지 증상을 동반한 마음의 대가를 지불하고 그 뒤에 따라오는 즐거움을 만끽한다. 이후 가져온 물건의 향방은 마음 상태에 따라 달라지는데, 온전히 내 것이라 여기기는 쉽지 않다. 차마 사용할 수 없어 어딘가에 숨겨두거나 가슴의 뻐근함을 못 이겨 제자리에 돌려놓을 때도 있다. 하지만 같은 행위가 여러 번 반복되면 마음의 통증은 줄어들고 곧 아무렇지 않게 된다. 그렇다고 방심해서는 안 된다. 제때 값을 치르지 않으면 나중에 어떤 식으로 돌아올지 모르기 때문이다. 그래서 나는 거짓말에 능숙해진 이후로 수확하는 빈도를 크게 줄였다. 에스투스가 이 과정을 어떻게 해나갈지 무척 궁금했다.

"친구들 물건 중에 갖고 싶은 거 없어? 좋아 보이는 거. 너한테도 있었으면 좋겠다 싶은 거 말이야."

"음, 글쎄. 필요한 건 다 가지고 있는 것 같아."

"그러지 말고 잘 생각해봐. 저 친구의 샌들이라던가, 쟤가 늘 들고 다니는 가죽 지갑 같은 건 어때?"

"응, 좋아 보여. 하지만 내겐 그다지 필요하지 않은 물건이야. 굳이 찾자면, 앞자리에 앉은 에르만이 재미있는 책을 읽고 있는 것 같아. 안 그래도 다 읽으면 빌려 보려고 생각하던 참인데."

"책? 역시 넌 별 시답지 않은 걸 좋아하는구나. 아무튼 좋아. 그럼 저 책을 가져와봐."

"응? 갑자기? 하지만 지금은 에르만이 읽고 있는걸."

"됐으니까 그냥 가져와. 저건 네 손에 있어야 더 의미 있는 물건이야."

"음, 무슨 뜻인지는 모르겠지만 그냥 가져오기만 하면 되는 거야?"

"그래."

"응, 알겠어."

에스투스는 곧바로 에르만에게 다가갔다.

"안녕, 에르만. 오늘도 멋진 책을 읽고 있구나. 혹시 괜찮다면 내게 그 책을 빌려주지 않을래? 말루스가 말하길, 그 책이 내게 의미 있는 물건이라고 했어. 난 꼭 그걸 가져가야 해."

"안녕, 에스투스. 오늘도 동그란 안경이 잘 어울리네. 아, 이 책 말이야? 물론이지. 필요하다면 어서 가져가. 난 네가 읽고 난 후에 마저 읽어도 되니까."

한참 해맑게 떠들던 에스투스는 이내 책을 들고 돌아왔다. 나는 할 말을 잃었다.

"아니, 내가 시켰다고 말하면 어떻게 해? 책은 네가 읽을 거였잖아."

"응. 하지만 책을 빌리려면 상황을 제대로 설명하는 게 맞는 것 같아서. 에르만에게 미안한 부탁을 하는 거니까."

"그러니까 부탁이 아니라 다른 방법을 썼어야지. 책을 가져오라고 했지 누가 빌려 오라고 했어?"

"응? 하지만 다른 방법이 없었는데……. 미안해, 말루스. 혹시 내가 또 뭘 잘못한 거야?"

"어휴, 됐다. 내가 너랑 무슨 말을 하겠어. 다시 가서 책을 돌려주고 와. 이번엔 다른 방법으로 할 거야."

애초에 나와 사고방식이 다르다는 점을 간과했다. 그는 남의 물건에 눈길을 주지 않았기 때문에 수확의 전제부터가 성립하지 않았다. 당연히 첫 단계부터 삐걱일 수밖에 없었다. 어떻게 물건을 가져오고 또 어떻게 숨기는지 처음부터 끝까지 하나하나 일러주어야 했다. 설명을 들은 에스투스는 주저했다.

"하지만 책이 없어진 걸 알면 에르만이 놀랄 텐데……."

"이것 봐. 역시 너는 아무것도 모른다니까? 다 널 위해서 하는 일인데, 사람이 기껏 시간을 내서 도와주려고 해도 듣는 시늉조차 안 하는걸. 나도 지쳤어. 이제 그만하자."

"미, 미안해, 말루스. 내가 잘못했어. 네가 알려주는 대로 꼭 해낼 테니까 날 포기하지 말아줘. 금방 책을 가져올게."

그제야 에스투스는 내 뜻대로 움직이기 시작했다. 에르만이

자리를 비운 틈에 책을 가져왔고, 내가 몸으로 가리고 있는 사이 책을 가방에 집어넣었다. 그리고 에르만이 주위를 두리번거릴 때 최선을 다해 모른 척했다. 그 모든 과정이 내가 처음 에스투스의 펜을 가져왔을 때보다 눈에 띄게 미숙했다. 처음 남의 물건을 취한 뒤로 그는 여러 날을 힘들어했다. 몇 번을 설명해도 그는 남의 물건을 왜 가져와야 하는지, 어떻게 그럴 수 있는지를 스스로 납득하지 못했다. 반복적인 연습 끝에 행위 자체는 가능하게 되었고 내가 시키는 대로 곧잘 따랐지만, 그가 자발적으로 수확에 나서는 일은 없었다. 후유증도 줄어들 기미가 보이지 않았다.

나는 점점 답답해져 가르칠 의욕을 잃었다. 그만 한 노력을 투자했는데 내게 돌아오는 거라곤 아무것도 없으니 김이 빠졌다. 결국 얼마 안 가 가르치기를 그만두었다. 에스투스는 가져온 물건들을 전부 제자리에 돌려두었다. 물건의 주인들에게 사과하는 것도 잊지 않았다. 그나마 다행인 것은 단단히 언질을 준 덕분에 사과하는 과정에서 내 이야기는 숨겼다는 것이다. 자신을 위한 일에서는 그토록 서툴던 거짓말이 날 위한다는 명목하에 아무렇지 않게 가능해지는 것을 보고 허탈한 웃음이 나왔다. 이제 와 생각해보면 나는 그가 망가지는 모습을 보고 싶었던 것인지도 모른다. 나만 이런 게 아니라고, 저들도 악을 알게 되면 나와 다를 바 없는 인간이 될 거라고 믿고 싶었던 것일지도. 하지만 에스투스는 내 기대에 부응하지 않았다.

이후 그와 나의 수업은 다시 대화 중심으로 돌아왔다. 그나마 악에 대해 마음껏 얘기하면서 홀가분해지는 느낌이라도 있었으니 이론 수업 쪽이 성미에 맞았다. 에스투스도 말하고 기록하는 일에는 지대한 흥미를 보였다. 나는 에스투스에게 '항상 의문을 품으라'고 가르쳤다. 사람들의 말을 있는 그대로 듣지 말고, 그 속에 감춰진 의도를 파악하라고. 그것을 역으로 이용하여 이득을 취하라고 했다. 그게 오히려 그들에게 배움의 기회를 줄 수 있는 일이라고도 설명했다.

"봐, 너희는 획일화된 교육과 담론만을 나누기 때문에 모두 같은 선상에 머물러 있잖아. 내가 이렇게 너를 도울 수 있는 건 그보다 한 차원 더 깊은 진실을 탐구했기 때문이야."

에스투스는 눈을 반짝이며 물었다.

"그렇구나. 그럼 말루스 네가 지금 날 가르치는 건 너한테 어떤 이득이 되는 거야? 왜 날 가르쳐줘?"

"음. 그건 말이지."

허를 찔렸다. 에스투스의 말대로 내가 그를 가르쳐 얻을 건 없었다. 에스투스는 그 점을 확실히 인지하고 있었다. 벌써 교육의 효과가 나타나는 걸까? 나는 왠지 모를 불안감을 느끼면서도 나와 비슷한 존재가 만들어지고 있다는 사실에 즐거웠다. 나는 나를 위해, 그 한 줌의 기쁨을 취하기 위해 열과 성을 다해 에스투스라는 백지를 악으로 물들여나갔다.

"그야 내가 너의 친구니까. 네가 그렇게 물러 터진 마음으로 살다가 망가지는 모습을 가만히 두고 볼 수는 없잖아?"

"친구……. 그렇구나. 고마워, 말루스. 역시 나를 위해주는 건 너뿐이야."

"그래. 알면 잘하라고."

✠

일이 년 정도 에스투스를 가르치는 날들이 계속되면서 내 몸 상태도 상당 부분 호전되었다. 만성적인 답답함이 조금 해소되었고 생산적인 일을 하고 있다는 자각이 도움이 되었다. 더불어 정신적으로도 한 가지 변화가 생겼는데, 내가 에스투스의 세상에 일말의 관심을 갖게 된 것이 그것이다. 그가 나로서는 이해할 수 없는 것들을 이야기할 때면 나는 그 주제를 들고 노인에게로 향했다. 그는 내가 아는 한 인탈리엔에 속한 이들 중 가장 현명한 사람이었다.

"……내용은 대충 이래요. 둘 다 맞다는 말씀은 마시고요. 저는 정확히 둘 중 어느 것이 옳은지 알고 싶어요."

"그렇게 묻는다 해도 역시 나는 답을 내릴 수 없을 것 같구나. 하지만 한 가지는 확실히 말할 수 있다. 에스투스와 말루스, 너희가 서로 다른 의견을 주장한다면 받아들여지는 건 항상 네 쪽일 거다. 그렇지 않던?"

"음, 확실히 그래요. 그는 자신의 주장을 끝까지 지켜내는 법을 모르는 것 같아요. 어째서 그런 거죠?"

"그건 아주 간단한 이야기야. 에스투스는, 그리고 인탈리엔의 모든 사람은 너의 말을 있는 그대로 받아들일 것이기 때문이다. 언제 어떤 상황에서라도 말이다. 이는 특별한 노력이 필요한 일이 아니라, 우리 모두가 태어나는 그 순간 빛나는 인탈리엔의 정신으로부터 물려받는 고유의 성질이란다."

나에게는 왜 그러한 성질이 주어지지 않았는지 묻고 싶었지만, 이때쯤 되어서는 이미 내게 의미 없는 질문이었다. 주어지지 않은 것은 이미 일어난 사실이고 나는 대처 방법을 알아야 했으므로.

노인의 말이 이어졌다.

"더하거나 빼지 않고 있는 그대로 보는 것, 그리하여 상대가 보여주는 모습으로 상대를 바라보는 것, 판단하지 않고 주저함 없이 선선히 받아들이는 것. 그것이 우리 인탈리엔의 모두가 가진 힘이란다. 뭐라고 콕 짚어 설명하기는 어렵지만 아주 자연스럽게 이루어지는 것, 그리 순하고 연한 것이지."

　그가 무엇을 설명하려고 하는지는 어렴풋이 알 것 같았다. 확실히 에스투스를 떠올리면 그런 느낌이 들었다. 마치 말 못 하는 식물 같달까? 물을 주는 만큼 자라고 해가 보이는 쪽으로 이파리를 뻗는 어린 풀꽃을 보고 있는 듯했다. 물론 인탈리엔의 모두가 그와 별반 다르지 않았다. 노인처럼 단단히 뿌리를 내린 거목은 어디에서도 찾아볼 수 없었다.

　"그런 성질을 한 단어로 표현하자면 뭐라고 할 수 있을까요?"

　"글쎄, 생각해본 적이 없구나. 애써 표현하자면…… 그래, 선하다고 할 수 있을까?"

　선하다라. 처음 악을 정의했을 때처럼 불똥이 튀는 느낌은 아니었다. 하지만 달리 대안이 있는 것도 아니어서 노인의 표현을 빌리기로 했다. 나의 악과 정확히 반대되는 것, 나를 제외한 인탈리엔의 모두가 가지고 있는 그 선선한 태도를 '선'이라고 이름 붙였다.

✠

"잘 아시다시피 여러분은 곧 사회로 나가게 됩니다. 앞으로 다양한 일을 하며 새로운 사회공동체의 일원으로 살아가게 되겠죠. 그동안 여러분은 영광스러운 인탈리엔의 정신을 충분히 가슴에 새겼으리라 생각합니다. 여러분의 담론 수업을 보고 있으면 그것을 확실히 느낄 수 있어요. 훌륭한 존중과 배려의 태도, 인탈리엔을 아름답게 가꾸고자 하는 젊고 기운찬 의견들에 가슴 따뜻해지는 날들이 많았습니다. 여러분의 선배이자 선생으로서 함께해온 시간이 참 행복했습니다. 남은 기간 동안 여러분이 새로운 발걸음을 내딛는 데 조금이나마 보탬이 될 수 있기를 바랍니다. 도움이 필요하거든 언제든 저를 찾아주세요."

열여덟이 끝나갈 무렵, 길고도 지루했던 공동체 생활도 끝이 보이고 있었다. 잎 공동체를 졸업한 뒤 보통의 아이들은 보다 넓은 세상으로 나아갔다. 물론 그래 봐야 인탈리엔 안이었고, 내게는 답답한 제자리걸음으로밖에 보이지 않았다.

에스투스는 보다 깊은 배움을 목적으로 하는 열매 공동체를 찾아가 언어학과 기록학, 역사학 등을 공부했다. 평일에는 공동체 수업을 듣고 주말에는 나를 찾아와 대화를 나눴다. 나는 에스투스를 가르치는 것 외에는 아무것도 하지 않았다. 그래도 나를 탓하는 사람은 아무도 없었다. 나는 더 이상 공부하거나 일할 필요를 느끼지 못했다. 이미 원하는 것을 쉽게 얻을 수 있는데 노력해야 할 이유가 없었기 때문이다. 대신 나는 악을 탐구하는 데 몰두했다. 그동안 써왔던 『말할 수 없는 사전』을 정리해 체계화하고, 악으로 이루어진 세계를 구체적인 이미지로 표현하려 애썼다. 에스투스는 조금씩 성장하여 내 연구를 도왔다.

스물을 넘기고서는 노인과 대화를 나누는 일이 극히 줄었다. 이 시기에는 나의 악이 구체적으로 정립되어가고 있었는데, 노인의 선과 마주하여 악에 제동이 걸리는 일이 탐탁지 않았던 것이 첫째, 에스투스가 이미 선악을 두고 괜찮은 담론을 나눌 만큼 성장했다는 것이 둘째였다. 그때의 나는 내가 세상의 거대한 비밀을 파헤치는 탐험가이자 선구자라고 생각했다. 지금 돌이켜 보면 어찌 그리도 어리석을 수 있었는지 후회스러울 따름이나, 그때의 나는 그러지 않을 도리가 없었다.

아무튼, 악에 대한 고찰은 상당한 진전을 보이고 있었는데, 당시의 나는 특히 악의 뿌리를 찾아 헤매고 있었다. 악이 인탈리엔 사람들에게 존재하지 않는다는 것은 이미 수도 없이 확인했으나 이것이 진정 내 안에서 탄생한 것인지는 여전히 의문이었다. 사람에게서는 답을 찾을 수 없었기 때문에 주로 문헌을 뒤적이며 다양한 분야를 파고들었다. 그 결과 의외로 자연에서, 특히 동식물에게서 힌트를 얻을 수 있었다.

인탈리엔에서는 일찍이 자연에 관한 학문이 큰 수확을 이루었다. 그들이 땅과 풀, 꽃과 나무에 갖는 지대한 관심에 따라 식물학이 발전했고 동시에 땅에서 사는 많은 동물에 대한 관찰이 이루어졌다. 다만 학문이라는 것 또한 '모든 것을 있는 그대로 받아들인다'는 그들의 바탕 아래 존립하는 것이므로 대부분은 관찰 단계에서 그쳤다. 그러나 기록의 방대한 양만큼은 칭찬할 수준이라 꽤 참고가 되었다.

오래된 자료들이라 기억이 희미했는데 다행히 내가 관심 있게 보았던 책이 여전히 서재에 꽂혀 있다. 주된 내용은 사람의 발길이 닿지 않은 깊은 우림의 생태에 관한 보고이다. 그중 일부를 인용한다.

"일부 동식물은 사냥감을 잡아먹기 위해, 혹은 그로부터 살아남기 위해 위장술을 익힌 것으로 보인다. 카멜레온이라는 생물은 몸의 색을 주변 환경에 맞게 바꾸어 모습을 숨길 수 있다. 파리잡이풀은 달콤한 냄새로 곤충을 유인해 먹잇감이 그들의 입에 내려앉는 순간 잡아먹는다."

　책의 내용이 사실이라면 자연에는 일종의 악이 존재하는 것처럼 보였다. 그중에서도 가장 놀라웠던 생물은 기생충이라고 불리는 녀석들인데, 무려 생존을 위해 다른 생물의 몸속에 들어가 살을 파먹는 벌레라고 했다. 그 방식은 분명 인탈리엔스럽지 않았다. 그들의 행동 양식은 내가 상상 속에서, 일부는 현실에서도 저질렀던 악의적인 행동 양식과 너무나도 닮아 있었다. 다만 동식물들에게는 스스로의 행위를 정의할 능력이 없었고, 관찰하는 인간들도 그들의 행위를 판단하고 구분 짓지 않았기에 그것이 악이라는 사실을 아무도 몰랐을 것이다. 나는 이 놀라운 현상을 두고 에스투스와 의견을 나누고자 했다.

Chapter. 2

악의 담론
선의 담론

악의 담론

"카멜레온과 파리잡이풀 그리고 기생충이라……. 정말 신기해, 말루스. 그들의 존재 자체도 놀랍지만 그 행위의 의미를 분석하려는 시도는 여태껏 없었을 거라고 생각해. 말 그대로 자연현상이니까. 그것을 관찰의 영역에서 고찰 수준으로 끌어올린 건 너니까 가능한 일이야."

"그랬겠지. 내가 보기에 인탈리엔의 모든 문제는 거기서 출발하는 것 같아. 뭐든 있는 그대로 받아들이려고 하니 그 안에 숨은 의미를 파악하지 못하지. 어떤 현상이 왜 일어났는지, 어떻게 그게 가능한 건지. 어째서 너희는 그런 것을 궁금해 하지 않지?"

"음, 그러게. 듣고 보니 참 이상한 일인 것 같아."

"아주 이상한 일이지. 아무튼 내가 이 놀라운 동식물들에 대해 생각해본 결과, 자연계에는 이미 악한 개념들이 존재하고 있어. 어떻게 보면, 파리잡이풀이 곤충을 유인하는 행위에는 거짓말과 유사한 부분이 있으니까. 다만 이런 개념들이 인간 사이에서도 적용될 수 있다는 사실은 아무도 몰랐겠지. 실제로 나 이외에는 누구도 불가능한 일이기 때문에 사람들이 그것을 의식하고 주의해야 할 필요가 전혀 없었을 거야."

"응. 확실히 그런 일이 가능하다고는 생각해본 적도 없어."

"그런 의미에서 악은 크게 두 가지, 자연악과 인위악으로 나눌 수 있어. 자연악이란 자연에 존재하는 근원적인 악으로, 어떠한 의도도 담겨 있지 않아. 동식물의 경우가 여기에 해당하지. 반대로 인위악에는 명백한 의도가 담겨 있어. 목적을 달성하기 위해 악인 줄 알고도 행하는 악, 그게 인위악이야. 다른 말로 행위악이라고 부를 수도 있겠지."

"자연악과 행위악이라. 그럼 말루스, 너의 악은 어느 쪽이야?"

"내 경우엔 둘 다 가지고 있어. 내 안에 자연악이 잠들어 있고 나는 그것을 인식해 의도적으로 꺼내어 쓸 수 있지. 하지만 인탈리엔 사람들에게는 어느 한쪽도 존재하지 않는 것 같아. 오히려 가끔은 악에 반하게 행동하도록 누군가에게 조종당하는 게 아닐까 싶을 정도야. 여기에는 한 명의 예외도 없어. 당연히 너도 마찬가지고."

"그렇지만 우리도 악을 배울 수는 있는 거지? 나만 해도 말루스 너에게 배우고 있잖아. 나는 이제 아프지 않아도 수업에 빠질 수 있고, 배가 고프지 않아도 음식을 얻을 수 있어."

"오, 에스투스. 넌 아직 멀었어. 네가 벌써 어엿한 악인이 되었다고 생각하는 건 아니겠지? 네가 악한 행동을 할 수 있게 된 것과 진정으로 악을 이해하는 건 별개의 일이야. 너는 타고나지 못했잖아. 그렇게 쉬운 게 아니라고."

"응. 미안해, 말루스. 나도 내가 그렇게 대단한 사람이라고는 생각지 않아. 너에게 열심히 배워야겠다."

"아니, 뭐 그렇게까지 기죽을 일은 아니고. 아무튼 내가 너희에게서 나타나는 본연의 특성이 선이라고 알려줬었지? 이것을 잘 기억하고 있어야 해. 오히려 너에겐 이쪽이 이해하기 쉬울 테니까. 선은 악의 완벽한 대척점에 있는 무언가야. 너는 내가 무슨 말을 해도 그것을 선뜻 받아들이지. 하지만 그래서는 안 돼. 악하게 생각할 것. 그게 한 개인으로서 자율적인 삶을 살아가기 위한 첫걸음이자, 이 광활한 자연에서 유일하게 생각할 수 있는 존재로 태어난 인간의 의무인 거야. 선한 사람들은 그 의무를 저버린 채 살아가지. 안타까운 일이야."

"응. 상대방의 말에 의문을 품는 거구나. 이해했어. 하지만 말루스, 네 말대로라면 세상 사람들은 모두 선해서 들을 때뿐 아니라 말할 때조차도 한 가지 생각밖에 하지 못할 거야. 내 말은, 말에 다른 의도를 숨기는 게 불가능할 거라는 뜻이야. 그렇다면 오히려 그들의 말을 있는 그대로 받아들이지 않았을 때 의사소통에 문제가 생기지 않을까? 뭐랄까, 원리는 알겠지만 효율의 문제지."

"음, 사실이야. 실제로 적용하는 건 또 다른 문제니까. 알아듣는 사람도 없는데 혼자 애쓰고 있자니 답답한 노릇이지."

"그렇겠다. 빨리 너의 뜻을 이해할 수 있도록 노력할게."

"그래, 제발 좀 그래라."

이때까지만 해도 나는 악에 대해 할 말이 많았다. 악은 내가 제일 자신 있는 영역이었고 에스투스도 이제는 곧잘 진도를 따라왔다.

하지만 모르는 게 약이라 했던가. 악을 사유함에 능숙해지는 것과 반대로, 내가 실제로 행위하는 악은 점점 그 힘을 잃어가고 있었다. 악을 깊이 이해하게 될수록 그것을 실행하는 데는 더 많은 대가가 필요했다. 물질적인 것에서 오는 만족감은 결코 심적 고통을 상쇄하지 못했으므로, 나의 악이 외부로 표출되는 횟수는 점점 줄어가고 있었다.

또한, 기껏 악한 일을 저질러도 에스투스를 제외하고는 아무도 나의 악의에 반응하지 않았다. 내가 아무리 못되게 굴어도 마찬가지였다. 고마워, 미안해라는 그들의 대답이 이제는 애쓴다는 말처럼 들리는 듯했다. 나는 오히려 그들에게 동정받는 듯한 느낌에 악한 마음을 먹을수록 괴로워졌다. 이때까지는 악이 오직 나에게만 주어진 선물이라고 생각했었다. 그것이 사유하는 존재가 마땅히 따라야 할 삶의 방식이라는 생각에도 변함이 없었다. 그러나 거드는 사람 하나 없이 그 무거운 사명을 홀로 지고 가는 동안, 나도 모르는 사이 조금씩 지쳐가고 있었던 것 같다.

악을 가르치기 시작한 뒤로 꽤 많은 대화를 나눴지만, 에스투스는 여전히 에스투스였다. 그렇게 열심히 악을 받아들이면서도 항상 밝고 낙천적인 모습이었다. 하지만 나는 그가 내 쪽으로 조금씩 넘어오고 있다는 것을 확실히 느꼈다.

그 이유를 설명하기 위해 잠시 '욕망'에 대해 짚고 넘어가야 할 것 같다. 내가 인탈리엔 사람들에게서 따분한 느낌을 받았던 결정적인 이유는 그들에게 별다른 목적이 없어 보였기 때문이다. 한마디로 별생각 없이 사는 사람들 같았다. 실제로 에스투스에게 삶의 목적을 물었을 때 '더 이상 바랄 게 없다'는 답을 듣기도 했었다. 하지만 『인탈리엔어 사전』에는 분명히 '욕구'와 '욕망'이라는 단어가 존재했다. 무언가를 하고 싶은 마음이 욕구라면, 보다 간절한 욕구는 욕망이라고 했다. 아마 보통 사람들에게 욕망이란 개념은 없는 것이나 다름없을 터였다. 바로 이 부분에서 에스투스는 그들과 차별점을 보였다.

추측건대, 그는 나에게 인정받고자 하는 욕망에 사로잡혀 있는 것 같았다. 이따금 그는 자신이 모르는 분야에 관해 이야기할 때 눈에 띄게 힘들어했고, 나에게 칭찬 받기 위해 제 생각을 수정하는 데 거리낌이 없었다. 어떤 상황에서도 웃음을 잃지 않는 그였지만 유독 나와 관련된 일에는 평정심을 잃고 부자연스러운 모습을 보였다. 나름 그것을 숨기려 노력하는 듯했으나 내 눈을 피할 수는 없었다. 그가 느끼는 감정이 나에게서 비롯되었다는 것을 모르지 않았지만 이제 와 사과하기에는 서로에게 득될 것이 없어 보였다. 나는 그가 스스로 극복하도록 내버려두고자 했다.

하나 더 변명을 보태자면, 에스투스의 욕망은 외려 그에게 좋게 작용하는 면이 있었다. 그는 늘 새로운 지식을 갈구하여 나날이 똑똑해져가고 있었다. 그런데 대체 어디서 뭘 하고 다니는지 가끔은 생각지도 못한 주제를 들고 올 때가 있었다. 그리고 아주 가끔 그것들이 내게 도움이 되기도 했다. 다시 돌아온 주말, 에스투스는 품에 두꺼운 책을 끼고 나를 찾아왔다.

"그건 또 뭐야?"

"아, 이건 인탈리엔 중앙도서관에서 찾은 고서적인데. 이 땅이 인탈리엔이라는 이름으로 불리기도 전의 아주 오래된 역사를 기록해둔 책이래."

"그런 낡은 책을 봐서 어디에 쓰려고?"

"그게, 생각보다 흥미로워. 말루스, 혹시 바다에 대해 알고 있어?"

"바다? 이름은 들어봤지. 갑자기 그건 왜?"

"내가 책에서 이런 부분을 찾았거든. 들어봐. '태초에 많은 사람들이 바다로 걸어 들어갔으되 그들 중 누구도 살아 돌아오지 못했다. 바다는 우리에게 안식처가 되어주지 않았다. 죽음 그 자체는 낯선 일이 아니었으나 그 육신과 정신이 땅으로 되돌아오지 못한다는 점이 문제가 되었다. 땅은 디딜 수 있고 느낄 수 있는 존재였으되, 바다는 알 수 없고 변화무쌍한 곳이었다. 우리는 땅이 끝나는 곳을 곧 세상의 끝으로 여기고 다시는 바다에 발걸음하지 않았다.' 어때?"

"뭐야 그게? 세상의 끝 너머로 사람이 들어간 적이 있었다고? 바다는 인탈리엔에 속하지 않는 곳이라 평생 볼 일이 없는 게 보통이잖아?"

"응, 그렇지. 공동체 수업에서도 '땅 너머에 대해 생각해서도, 다가가서도 안 된다'고 배웠잖아. 하지만 이제 와 생각해보면 인탈리엔 사람들에게 무언가를 '하지 말라'고 단언하는 방식은 익숙지 않아. 이유도 없이 구전만 내려오는 점도 이상하고."

"뭐야. 너 혼자 거기까지 생각해낸 거야? 꽤나 악하게 생각할 줄 알게 됐네, 에스투스."

"아, 고마워, 말루스! 난 그냥 궁금해서……. 책에서 바다에 관련된 부분은 저게 다였고 그 이상은 적혀 있지 않아."

"음, 아무튼 이상하네. 겨우 그런 이유로 이 비좁은 땅에 여태 갇혀 살았단 말이야? 그 밖에 무엇이 있는지 궁금해 한 사람이 아무도 없었다니, 믿을 수 없어. 아니, 오히려 너무 순진한 게 딱 인탈리엔스럽긴 하네. 뻔하지. 우르르 모여 머리를 맞대고는 '바다로 가면 큰일 나니까 다 같이 가지 말자'라는 식으로 별생각 없이 정했을 거야."

"그렇게 오랜 시간이 지나 이유는 소실된 채 약속만이 전해 내려온 거고?"

"그거 말고 설명할 방법이 있어?"

"음, 없는 것 같아. 역시 말루스는 뭐든 금방 알아내버리는구나."

"뭐 대단한 거라고."

나는 대수롭지 않게 넘겼다. 어차피 내가 직접 바다에 가볼 수 있는 것도 아니고, 깊게 파고들어 봐야 머리만 아플 문제였다. 하지만 이후로도 종종 나는 바다를 떠올렸다. 누구도 관심 갖지 않는 세상 밖의 존재라. 그 처지가 마치 나와 같아서 본 적도 없는 그곳을 떠올릴 때면 묘한 그리움마저 느껴지는 것 같았다. 어쩌면 나는 바다에서 태어나 육지에 버려진 유일한 존재일지도.

언젠가부터, 나는 저 먼 바다를 고향처럼 여기고 있었는지도 모른다.

선의 담론

　에스투스와의 수업이 반복될수록 대화는 점점 원론적인 주제로 뻗어나갔다. 하지만 그중에서 단순히 선악으로 구분 지어 설명할 수 있는 부분은 많지 않았다. 때문에, 악에 대한 탐구는 매우 더디게 이루어졌다. 악이라는 녀석은 손에 잡힐 듯하다가도 금세 저 먼 곳으로 도망가버렸다.

　문제가 되었던 부분은 악의 탐구가 고착 상태에 빠짐에 따라 더 이상 에스투스에게 가르칠 것이 없어졌다 점이다. 나는 가르치는 자의 위상을 잃어가고 있었고, 배움을 멈추지 않는 에스투스는 그런 내 뒤를 바짝 따라붙었다. 나는 이 상황이 점점 불편해졌다. 게다가 당시 내 머릿속에선 악에 관한 것보다 인탈리엔의 존재 자체에 대한 궁금증이 점점 더 크게 자리 잡고 있었다.

"생각해본 적 있어?"

"응?"

"인탈리엔이, 이 세계가 지금 왜 이런 모습을 하고 있는지 말이야."

"글쎄, 내가 아직 역사를 다 익히지는 못해서. 모두가 힘을 합쳐 열심히 만들어낸 거 아닐까?"

"과연 너다운 대답이야, 에스투스. 하지만 생각해봐. 너희는 모두 선하잖아. 이미 가진 것에 만족하고 미래에 벌어질 일을 두려워하지도 않는데, 어떻게 세상이 이렇게까지 발전할 수 있었을까? 배가 고프면 산으로 들로 먹을 걸 구하러 가면 되고, 비가 오면 동굴에 들어가면 되는데 왜 굳이 힘들게 농사를 짓고 집을 지었냐는 말이야. 그들이 그럴 필요가 있었을까?"

"음, 듣고 보니 그러네."

"그래. 현재의 문화, 사회, 경제체제는 뭔가 이해되지 않는 구석이 있어. 이건 너희로서는 접근할 수 없는 종류의 것이지. 세상이 발전하려면 조금 더 악한 무언가가 필요했을 거라는 뜻이야. 이것들을 표현할 단어야 당연히 없겠지만, 다가올 미래가 두렵다거나, 남이 가진 것을 내 것으로 만들고 싶다거나,

혹은 내 옆에 앉은 녀석보다 더 잘나고 싶은 그런 종류의 마음 말이야.”

“음, 그렇구나. 그게 어떤 마음인지는 잘 모르겠지만, 우리가 어떻게 발전적인 방향으로 나아갈 수 있었는지를 묻는 거라면, 부모님께서 말씀하시길 우리는 서로를 돕고 도와서 결국엔 함께 행복해져야 하는 기쁜 사명을 타고났다고 했어. 더 많이 갖는 건 중요한 게 아니지만 더 많이 나누기 위해서는 모두가 함께 잘 살아야 한다고 말이야. 우리 부모님은 부모님의 부모님에게 들었다고 하셨고, 그보다 더 오래전부터 내려온 가르침이라고 했어. 우리는 모두 어릴 때부터 같은 얘기를 듣고 가슴에 품은 채 살아가. 그래서 나도 남들을 돕고 싶어. 그러기 위해 나도 더 큰 사람이 되어야 하고. 이게 대답이 될 수 있을까?”

“난 그런 얘기 들은 적 없는데. 아니, 어쩌면 들었는데 금세 잊어버렸을지도 모르지. 사명이라, 그건 누구에게서 부여받은 거지? 고만고만한 인간들 사이에서 그렇게 확고한 주장을 펼칠 만한 사람이 있었을 리 없는데. 들어본 적 있어?”

“최초로 누가 그런 얘기를 했는지에 대해선 나도 아는 바가 없어. 다만, 음, 잠시만. 아 여기 있다.「나와 타인」챕터.”

“그게 뭐야? 네가 매일 끼고 다니는 노트잖아. 챕터라고?”

"응. 말루스 네가 설명해줬던 것들을 나름대로 정리해봤거든. 이렇게 해야 다시 찾아보기 쉬워서 말이야."

"정말 별짓을 다 하는구나. 그래서 그게 왜?"

"하하……. 아무튼 여기 적힌 내용에 따르면 말루스 너는 스스로가 이 세계에서 온전한 자기 자신 즉, 개인으로 존재한다고 했지?"

"그렇지. 나는 나니까."

"그리고 네가 '너희'라고 부르는, 너를 제외한 사람들은 너에게 남이고 그들에게는 개인성이 느껴지지 않는다고?"

"맞아. 너 스스로 자각하고 있는지 모르겠지만, 너희는 각각이 살아 있는 사람처럼 느껴지지 않을 때가 있어. 말하는 것도 행동하는 것도 죄다 비슷하고, 당최 얼굴을 보지 않고서는 누가 누군지 구분할 수가 없잖아?"

"응, 맞아. 방금 너의 말을 듣고 확실히 깨달았어. 나는 내가 에스투스라고 생각했지만 사실은 조금 달라. 나는 나보다 우리라고 말하는 게 훨씬 편하게 느껴지거든. 가령 우리는 아침에 개운하게 일어나서 기지개를 켜고 가족들과 웃으며 인사하는 걸 좋아해. 또 수업이 끝나고 친구들과 둘러앉아 서로가 가져온 간식거리를 구경하는 것도 좋아하고, 함께 청소하면서 빗자루질을 하는 친구에게 쓰레받기를 받쳐주는 것을 좋아해.

그리고 또……."

"잠깐, 알았어. 네가 그런 시답지 않은 일에 진심이라는 건 이미 알고 있어. 그래서 하고 싶은 얘기가 뭔데?"

"아, 미안. 하여튼 요점은 이렇게 누군가와 함께하는 일들을 '우리'가 좋아한다는 뜻이야. 혼자 하는 것보다 함께하는 것을, 나보다는 우리가 좋아한다는 것. 말루스 네 말대로 우리는 개인의 의견이 아닌 하나의 공통된 생각을 공유하는 것에서 행복을 느끼도록 만들어진 것 같아. 우리는 실제로 온전히 혼자 있는 시간이 거의 없거든."

"그게 정말이야?"

"응. 우리는 함께일 때 비로소 나 자신이 존재한다고 느껴. 그래서 아까 하던 얘기로 돌아가 보자면, 세계를 발전적인 방향으로 이끄는 원동력 말인데. 그건 아마 우리 모두의 의지가 모여 있는 거대한 '어떤 것'에 의한 게 아닐까 싶어."

"의지가 모여 있는?"

"응. 한 명도 빠짐없이 모두가 같은 생각을 함으로써 만들어지는 어떠한 힘? 에너지? 같은 거지. 즉, 우리가 품은 생각에서 태어난 하나의 거대한 총체랄까. 응, 그런 느낌이야. 우리 모두가 더 나은 방향으로 나아가서 다 함께 행복해지고 말겠다는 강렬한 바람, 그러한 의지가 우리를 같은 곳으로 이끈다는 느낌. 아마 우리가 늘 말하는 인탈리엔의 '위대한 정신'이란 거겠지. 말루스 덕분에 알게 됐어. 고마워."

나는 어안이 벙벙했다. 이게 무슨 소린가 하고 잠깐 굳어 있는데 갑자기 등줄기부터 뒤통수까지가 짜릿했다. 미지의 존재를 맞닥뜨린 느낌. 마치 내가 처음으로 악을 정의했을 때와 같은 느낌이었는데, 그보다는 더 웅장하고 밝았다. 본능적으로 알았다. 그 '위대한 정신'이라는 게 바로 선의 근원이라는 것을. 나는 무슨 말이라도 뱉고자 자리에서 벌떡 일어섰지만 막상 입에서는 나에게만 들릴 정도로 작은 앓는 소리만 흘러나올 뿐이었다. 결국 나는 자리를 피했다. 어떻게 대화를 마무리 지었는지 잘 기억이 나지 않는다.

방으로 돌아와 혼자가 되고 나서야 겨우 생각을 정리할 수 있었다. 솔직히 말해 나는 감탄했다. 에스투스의 사유는 나보다 한 단계 높은 차원에 있었다. 더 많이 알기를 원하는 에스투스의 욕망이 그를 이리도 높은 곳까지 이끌었다니. 내가 제풀에 지쳐 피상적인 것들에만 매달려 있는 사이, 그는 선의 본질마저 깨달을 정도로 성장해버린 것이었다. 위대한 정신에 관한 에스투스의 설명은 일리가 있었다. 사실 그것 말고는 도저히 현재의 인탈리엔을 설명할 방법이 없었다. 실제로 선으로

똘똘 뭉친 그들은 무엇이든 믿었고 그들의 맹목적 믿음은 거대한 힘을 만들어내기에 충분해 보였다. 그런데 그 대단한 힘이 어째서 나라는 인간 하나만큼은 사로잡지 못했을까. 왜 나만 그곳에서 떨어져 나와 홀로 악이라는 짐을 지게 되었나. 에스투스를 가르칠 때만 해도 나를 빛나게 했던 악이 이제는 되레 내 발목을 잡고 있는 것처럼 여겨졌다. 그러면서도 악을 놓지 못하는 내 자신이 의뭉스러웠다. 모순적이게도, 이런 나의 속내를 숨겨주는 것 또한 악이라는 게 작은 위안이 되었다.

에스투스는 늘 바쁘게 지냈다. 나와 만나지 않는 동안에는 주로 책을 쓴다고 했다. 내가 무용하게 흘려보냈던 그 많은 시간 동안 인탈리엔은 변함없이 밝고 푸르렀다. 사람들은 공동체의 일원이라는 자부심을 가지고 분주히 움직였다. 그것이 내가 보기에 비효율적이고 이해하기 어려운 것일지라도, 적어도 그들 자신은 스스로의 삶에 만족하며 살아갔다.

에스투스도 마찬가지였다. 그는 책을 쓰는 일을 일종의 사명처럼 여기고 있는 듯했다. 에스투스는 가끔 나의 할아버지에게 조언을 구하러 찾아왔다. 그에게 듣기로 노인은 과거 인탈리엔에서 가장 위대한 스승이셨다고 했다. 은퇴 후에는 집에서 정원을 가꾸고 가끔 찾아오는 이들과 담소를 나누며 조용히 지내던 그였기에 나는 크게 놀랐다. 하지만 곧 수긍했다. 내가 그에게서 느꼈던 포용과 지혜를 완벽히 설명할 수 있는 이유였기에 오히려 쉬이 납득이 되었다.

나는 홀로 악을 붙들었고, 에스투스는 누군가와 함께 선을 추구했다.

여느 때와 다름없는 평범한 일상이었다. 적어도 내게 에스투스를 가르치는 역할 정도가 허락되었다면 나는 이 거짓된 평화를 조금 더 견딜 수 있었을지도 모른다. 하지만 그가 마침내 나의 권위를 뛰어넘음으로써 아슬아슬하게 맞춰져 있던 균형이 깨져버렸다. 이번에도 문제는 나에게 있었다.

나는 노인과 에스투스가 함께 있는 모습을 볼 때면 괜히 고약한 마음이 들었다. 그들을 떼어놓고 싶다던가, 사이에 끼어들어 훼방을 놓고 싶었다. 위대한 자와 위대해지려는 자가 함께 있는 모습 그 자체가 내게는 일종의 공격처럼 느껴졌다. 그들은 함께일 때 더 밝게 빛났고, 그럴수록 내 그림자는 더 짙게 뻗어나갔다. 지나온 시간들에 대한 회의, 떳떳하지 못한 내면, 나빠질 일밖에 남지 않은 미래 따위가 두 사람이 빠져나간 빈자리를 메우려 들었다. 그들이 만나 어떤 대화를 나누는지 궁금했지만 한 번도 그 자리에 동석하지는 않았다. 그 지혜로운 이들이 내 못난 마음을 한눈에 꿰뚫어 볼 것이 두려웠다. 나는 그들과 더욱 거리를 두게 되었다. 그러면서도 완전히 놓지는 못했다.

"에스투스, 너 요새 나에게 찾아오는 일이 뜸해진 거 알고 있어?"

"아, 미안해, 말루스. 요새 정신이 없어서 말이야."

"그래, 그러시겠지. 책도 써야 하고 할아버지도 만나야 하니 얼마나 바쁘시겠어."

"응. 스승님 아니, 너의 할아버지께서 정말 많은 도움을 주시고 있어. 정말 현명하고 고귀하신 분이야. 네 친구인 덕분에 그런 분께 가르침을 받을 수 있다는 게 얼마나 감사한지 몰라."

"하, 스승님? 그새 많이 가까워졌나 봐. 그렇게 악을 갈구하는 척해놓고는 금세 반대쪽으로 돌아서다니. 하긴 너는 태생이 그쪽 사람이니까 어쩌면 당연한 일이지. 그렇게 대단한 분이 너의 스승이시니 이제 나에게 올 필요는 없지 않아?"

"그게 무슨 소리야, 말루스. 우리는 친구잖아. 내가 너에게 얼마나 감사하고 있는데. 난 아직 너에게서 배워야 할 것이 산더미처럼 많은걸."

"글쎄, 내 눈엔 전혀 그래 보이지 않는데. 너는 예전만큼 악을 궁금해 하는 것 같지 않아. 배우려는 의지도 부족하고, 악에 대해 이야기하는 척 다가와 걸핏하면 선에 대해 늘어놓지. 어떨 때는 네가 날 가르치고 있다는 느낌이 들 정도라고."

나는 스스로 놀랄 만큼 유아적인 감정을 말로 내뱉었다. 얼굴이 화끈거리는 걸 느끼면서도 도저히 멈출 수가 없었다. 에스투스에게 쌓여 있는 답답함을 어떤 식으로든 풀어내야만 했다. 그럴 수밖에 없었고, 그러지 않을 이유가 없었다.

"그건…… 미안해. 절대 그럴 생각은 없었어. 난 여전히 부족하고 너에게서 많은 것을 배워야 해. 말루스 너는 분명 너의 할아버지만큼 위대한 사람이 될 거야. 네 말대로 나는 인탈리엔의 사람이야. 그리고 책을 쓰면서 이 경이로운 인탈리엔을 이해하려 노력하고 있어. 하지만 동시에 악에 대해서도 궁구하고 있지. 말루스, 일전에 내가 얘기했던 총체를 기억하지? 인탈리엔의 위대한 정신 말이야. 그것은 아주 영광스럽고 고귀한 것, 강한 힘을 가지고 저 높은 곳에서 빛나는 유일한 것이야. 그것이 우리에게 속삭이는 말을 듣고 있자면 가끔은 하나의 인격처럼 느껴지기도 해. 인탈리엔에서 태어난 우리는 그 초월적인 존재에 감화되어 그것에 순종하도록 만들어진 존재들인지도 몰라. 그의 뜻으로 자라, 그에게 한 명분의 의지를 더하는 역할이 전부인 거야. 그런데 말루스 너만은 달라. 너는 이 세계에서 유일하게 그에게 담겨 있지 않은 어떤 것 즉, '악'

을 가지고 태어났어. 너는 위대한 정신으로부터 스스로를 지킬 수 있는 유일한 사람이야. 세계에서 오직 너만이 그 숭고한 역할을 맡았지. 위대한 스승이셨던 너의 할아버지도, 네 밑에서 악을 배우려 발버둥 치고 있는 나조차도 그 짐을 나눠 질 수는 없어. 잘 들어, 말루스. 나는 총체의 일원이야. 나는 네가 선이라고 부르는 것들을 아주 잘 알고 있어. 그런 내가 장담하건대 너의 악은 이 위대한 정신에 필적할 만한 가능성을 품고 있어. 너는 아무것도 모르고 그 총체의 일부로 살아갈 예정이었던 내게 악이라는 새로운 세상을 보여주었어. 말루스, 위대한 자여. 이건 절대 우연이 아니야. 악은 너에게 주어진 어떠한 사명이라고 생각해. 그러니 나를 가르치는 걸 그만두겠다는 말은 말아. 네가 그런 위대한 운명을 타고났듯, 너의 제자인 나는 네게서 악을 배워 세상에 전해야 할 사명이 있어. 부디 너의 친구 에스투스의 몫을 이해해주길 바라."

에스투스는 단번에 내 입을 다물게 만들었다. 나조차 나의 악이 그토록 중요하다고 생각해본 적 없었는데, 그는 그것을 사명이라는 존재로 격상시켜 주었다. 가슴속에서 무언가 울컥하는 느낌이 올라왔다. 그것은 악한 마음에서 비롯된 울렁임이라기보다 차라리 뭉클함에 가까운 것이었다. 그러나 그때의 나는 에스투스에게 위로받았다는 사실을 순순히 인정할 만큼 성숙하지 않았다. 그저 잠기는 목을 쥐어짜 그러겠노라 답하는 것이 전부였다.

이후로 나는 에스투스와 노인의 만남에서 눈을 돌려버렸다. 대신 나의 근본인 악에 더 집중하려 했다. 결국 내가 살 길은 이것뿐이었다. 에스투스는 전보다 느슨한 주기로 내게 찾아왔고, 내가 혼자 보내는 시간은 더욱 많아졌다. 나는 그 대부분을 사색하며 보냈다. 그 시간들은 대외적으로는 위대한 정신에 대항하는 변화의 발걸음이었으나, 실상은 혼자 남겨짐으로부터 살아남기 위한 발버둥이었다.

당시 내가 남긴 기록을 보면 내가 얼마나 혼란한 상태에 놓여 있었는지 훤히 알 수 있다. 나의 생각에는 시작도 끝도 없었다. 그저 불규칙하고 무한하게 펼쳐졌다. 며칠간 방 밖으로 한 발자국도 나가지 않을 때는 내가 사유하는 것인지, 사유가 나를 하는 것인지 구분할 수 없었다.

그의 선은 희고 나의 악은 검다. 에스투스를 보고 있자면 내가 아주 검은 인간처럼 느껴진다. 그의 올곧은 심성은 악을 받아들이기 위해 마련된 완전한 백지와도 같다. 그는 내 말이라면 무엇이든 받아들여 무한한 여백에 적어 넣는다. 빳빳한 순백의 종이에 잉크 한 방울이 떨어지는 모습을 상상할 수 있는가? 한가운데 떨어진 검은 점 하나가 넓디넓은 나머지 흰 공간 전부를 여백으로 만든다. 그곳에서 돋보이는 것은 오직 검은 것뿐이다. 흰 것에 비하면 아주 작은 부분에 불과한데도 나머지 전부를 덮어버릴 만큼 거대하다. 악이 바로 그렇다. 가끔 잊어버리는 사실이지만 나는 선과 악, 두 세계에 걸쳐 있는 주민이다. 내게도 분명 선한 부분이 존재한다고 나의 사랑하는 노인은 늘 말하곤 했었다. 하지만 여태까지의 내 삶은 오직 악, 악, 악뿐이라고 느껴질 만큼 선은 아무런 힘도 발휘하지 못했다. 실제로 내가 살아가며 행한 악행이라는 것은 하루 중단 몇 분이나 될까 싶을 정도로 적었지만, 그것은 나를 통째로 집어삼켰다.

나를 굉장히 불편하게 하는 그들의 특징 중 하나인데, 그들은 어떤 일이 벌어졌을 때 '왜?'라는 질문을 서슴지 않고 던진다. 그리고 그 물음은 사건의 본질을 놀라우리만치 정확하게 빗겨나간다. 그들은 다만 사건이 어떤 경위로 일어났는지 파악함으로써 당사자를 도울 방법을 고안하고자 질문하는 것이다. 다시 말해 본질이 아닌 목적을 위한 질문이다. 목적으로 사람을 대하는 것은 명백한 악의 방식임에도 그들의 의도는 선으로 치부된다. 그야말로 거짓된 선, 위선이다. 이처럼 선을 표방하는 그들이 얼마나 어긋난 모습을 하고 있는지는 이루 말할 수 없다. 그들은 지나치게 타인에게 의존하며, 자신을 방치한 채 남을 위한 인생을 살아간다. 하지만 그 대상은 또 다른 남을 위하기에 실제로는 그 누구를 위한 일도 아니다. 그에 반해 나는 철저하게 나만을 위해 행동한다. 세상 모두가 나처럼 행동한다면 어떻게 될까? 모든 개인이 각자를 위한다 함은 곧 모두를 위하는 일이 될 것이다. 다 함께 원하는 것을 손에 쥐고 진실된 행복의 본질을 맛보게 될 것이다. 악은 이를 이루기 위한 가장 완벽한 수단이다. 이 구조를 이해하지 못하는 이상 그들은 피상적인 행복으로 이루어진 가짜 세계에 머물다 이름 없는 먼지로 흩어질 것이다.

나를 제외하면 인탈리엔에서 행복하지 않은 사람은 한 명도 없다. 그래서 나는 이 땅이 온갖 아름다운 조각을 이어붙인 꿈의 낙원이라고 생각했다. 하지만 이곳에서는 아무도 꿈꾸지 않는다. 그들에게는 이 모든 축복이 처음부터 주어진 것이기에 너무나 당연하다. 이미 완성된 세계에서 한 개인은 어떤 의미를 갖는가? '우리'를 중시하는 인탈리엔 특유의 가치관은 소통을 전제로 하는데, 소통은 사람과 사람을 이어 한 개인이 온전한 자아로 존재할 수 없도록 한다. 결국엔 다른 이의 얼룩을 서로의 영혼에 묻힌 채 살아갈 수밖에 없는 것이다. 그들에게는 큰 우리 안에 작은 개인이 존재하는 반면, 나에게는 커다란 나와 비좁은 우리가 존재한다. 태생적으로 다른 존재인 것이다. 그들은 온갖 선의로 나를 옭아매 그들의 울타리 안으로 끌어들이려 하지만, 그건 물속에 사는 고기를 뭍으로 끌어올리려는 것과 다름이 없다. 땅에 올라온 고기는 숨을 쉴 수 없어 죽는다. 내 꼴이 딱 그와 같다. 나는 언제까지 숨을 참을 수 있을까.

나는 점점 그늘진 곳으로 파고들었고 에스투스만이 가끔 내 방문을 열어 빛을 들였다. 그즈음 우리는 이미 무언가를 가르치고 배우는 관계가 아니었다. 에스투스가 망가져가는 나를 일방적으로 보살폈다고 하는 게 옳을 것이다. 수년간의 보모 노릇이 이어지는 동안 그가 필사적으로 숨기려 했던 동정 어린 눈빛을 나는 애써 모른 척했다. 어느 날, 할 말이 있다며 찾아온 그는 한참 머뭇거리다가 어렵사리 입을 뗐다.

"스승님께서 더 이상 오래 서 계시지 못해. 대부분의 시간을 의자에 앉아 담요를 두른 채 보내시는 것 같아. 눈을 감고 계실 때도 많고."

"아…… 그래?"

"말씀은 안 하시지만 말루스 너를 많이 보고 싶어 하시고. 시간 괜찮을 때 한번 찾아뵙는 게 어때?"

그의 조심스러운 태도 뒤에 숨어 있던 감정을 당시의 언어로는 표현할 길이 없었다. 물론 있었더라도 입 밖에 꺼내지는 않았을 것이다.

"응, 그래야겠다."

대화는 길게 이어지지 않았다. 한집에 있으면서도 나는 노인과 거의 마주치지 않고 지냈다. 내가 보기에도 내 상태가 정상은 아니었고 짧은 대화로 그 이유를 다 설명하기에는 이미 오랜 간극이 생긴 뒤였다. 그리하여 에스투스의 말을 듣고도 나는 노인의 방을 찾아가지 못했다. 노인에게 염려의 말을 건넬 용기, 이제 와 용서를 구할 용기가 내겐 없었다. 그저 괜찮을 거라고 믿었다. 누구보다 숭고한 영혼을 가진 그가 쉽게 떠날 리 없다고 스스로를 타일렀다. 끝내 발을 떼지 못하는 나를 에스투스는 등 떠밀지 않았다.

나는 다시 혼자가 되어 하루 중 대부분을 조용하게, 표정 없이, 움직이지 않고 지냈다. 살아 있다고 표현하기 어려운 상태일 때가 종종 있었다. 내면으로 파고들수록 나는 현실과 동떨어진 세계로 멀리 떠내려갔다. 그곳에는 현재와 과거의 조각이 어지럽게 섞여 떠다니고 있었는데 그 어디에도 미래는 보이지 않았다. 나는 흐름에 몸을 맡긴 채 파도에 밀려온 과거의 자락들을 향해 손을 뻗었다.

　일찍이 나와 그들은 어떤 경계를 기준으로 서로 반대편에 서 있었다. 나의 세상은 복잡했다. 이런 것이 있으면 저런 것도 있고, 평화롭다가도 한순간에 시끄러웠다. 어제의 기쁨이 오늘까지 계속되는 일은 좀처럼 없었다. 어제는 어제, 오늘은 오늘이었다. 다짐은 수일을 넘기지 못하고 마음가짐은 때때로 흩어졌다. 나는 나의 의지만으로는 영광스럽게 행동할 수 없었다. 그리고 부족한 나의 모습을 남들에게 내보일 수도 없었다. 아주 자연스럽게 나를 숨기는 법을 깨우쳤다. 말할 것과 말하지 않을 것을 구분하고, 말하지 않을 것은 홀로 있을 때만 꺼내보았다. 혹여나 그것을 들켰을 때는 말해도 될 만한 것으로 위장했다. 숨기고 덮고 피하는 일련의 행동을 따로 어떻게 부르는지는 알 수 없었으나, 그것을 의식할 수 있게 된 아주 어린 시절부터 그것들을 자유롭게 다룰 수 있었다. 하지만 그때마다 일종의 대가가 따랐으니 가슴팍에서 느껴지는 뻐근함과 불편함이 그것들을 주저하게 만들었다. 그리하여 나는 말할 수 없는 것들로 분류된 것들이 그리 좋지 못한 존재라는 것을 어렴풋이 느끼고 있었다.

끔찍이도 다채로운 나의 세상에서 불확실성과 불연속성, 불명예스러움을 덜어내면 그것은 그대로 그들의 세상이었다. 인탈리엔의 주민인 그들은 늘 일관되게 말하고 행동했다. 그들의 언행은 축복 속에 나고 영광으로 졌다. 따라서 이미 그들이 가진 단어로 표현할 수 없는 감정과 행위가 없었으며, 또한 말하지 못할 것도 없었다. 감사로 모든 것을 얻고 사과로 모든 것을 잃었다. 피어봐야 꽃잎이요, 지고나면 낙엽인 그들은 지독하게도 재미없는 삶을 사는 듯 보였다.

　내 삶은 보다 역동적이었다. 파괴와 변화는 고통을 안겨주는 대신 살아 있음을 느끼게 했다. 그들과 나, 어느 쪽이 더 나은지는 알 수 없었다. 살아 있음을 실감한다는 것은 곧 죽음을 떠올린다는 것과 같다. 나는 늘 나의 존재 이유를 묻고 삶의 목적을 찾아 헤맸으나, 나를 도울 수 있는 사람은 이곳에 없었다. 그들의 삶의 목적은 행복이었고 태어나는 순간 이미 그것을 쥐고 있었다. 남은 것은 그저 숨 쉬고, 이야기하고, 즐기는 것뿐이었다. 그들에게는 더 이상 필요한 게 없었다. 무언가를 바라는 마음도 무언가를 잃지 않기 위한 노력도 없으니 고통도 없었다. 이 세상에서 고통 받는 자는 오직 나 하나였다.

　그래서 나는 늘 혼자였다. 무언가 대단한 사명이라도 부여받았던 걸까. 나와 같은 존재가 이제껏 없었음을 증명이라도 하듯, 내 말을 이해하는 사람은커녕 나의 고뇌와 말할 수 없는 것들에 대한 생각은 이미 존재하는 단어들로는 표현조차 할 수 없었다. 그것들의 존재를 스스로 악이라고 정의하기 전까지는 지독한 갈증 속에 살아야 했다. 그것을 받아들인 후에는 또 얼마나 텅 빈 삶을 견뎌야 했던가. 선과 악, 정확히 절반으로 나뉜 줄 알았던 나의 세계는 둘 중 한쪽이 오로지 나에게만 존재한다는 이유로 너무도 쉽게 균형을 잃었다. 그리하여 나는 반쪽짜리 악의 세계에 갇힌 채 여전히 홀로 떠돌고 있었다.

세계란 무엇인가. 나의 인지 속에서 내 기준의 시간과 공간이 교차하는 점, 그 점의 부피 속에 나는 존재한다. 보통의 이들에게는 그랬을 테지만, 나는 유일무이한 존재로서 실제로는 더 많은 세계의 축을 감당해야 했다. 그들의 세계에서 상호작용은 그토록 큰 위상을 갖는다. 서로에게 영향을 미침으로써 그들은 존재를 확인하고 비로소 안정적인 상태에 달한다. 하지만 오롯이 혼자인 나는 타인의 도움을 바랄 수 없으므로 그들과 나의 세계는 별개의 방식으로 작동한다. 그들은 나의 과거와 현재, 그리고 미래에 간섭할 수 없다. 이는 그들이 살아가는 24시간 365일, 이 땅과 바람과 하늘의 움직임에 따른 거대한 흐름에서 홀로 빗겨 감을 의미한다. 고로 나는 그들과 결코 교차하지 않는 독립적인 시간선에 존재한다. 또한 상호작용이 불가함은 곧 독립적인 공간에 존재한다는 뜻과도 같다. 그들과 내가 물리적으로 같은 공간에 있다고 한들 서로 맞닿지 않기에 나는 머나먼 곳에 떨어져 있는 것과 다를 바 없다. 고로 나의 공간은 독립적이다. 이처럼 그들과 나의 세상은 너무도 달랐다.

　　그들이 사는 세계가 인탈리엔이라고 한다면 나의 세계는 바다와도 같았다. 하지만 어째서인지 나는 태어난 순간 그들이 이룩한 땅에 버려졌다. 혼자였던 나는 존재를 유지하기 위해 어쩔 수 없이 새로운 축으로 그들의 땅에 닻을 내렸다. 그것은 사유였다. 내 손이 닿을 수 없는 그들의 세상에 대해 어떤 방식으로든 질문을 던짐으로써 미약하게나마 연결되는 것이다. 그들에 대한 궁금증, 그들에게 하고픈 말, 어떻게든 살아남기 위해 발버둥 치는 나의 내적 외침이 조금이라도 무거운 닻을 만들어 그들의 땅에 나를 묶어놓기를 희망하듯 살았다. 따라서 생각하기를 포기하는 일이 많아질수록 연결고리는 약해졌으며 육지로부터 멀어져갔다. 나는 떠내려가기 직전이었다.

✠

　이제 끝이구나 싶던 차에 거친 풍랑 속에서 희미한 불빛이 보였다. 인탈리엔의 변방, 세상의 끝과도 같은 그곳에 아주 작고 초라한 항구가 있었다. 부두 끝자락에 조그만 말뚝이 보였다. 나는 팔이 빠지도록 노를 젓고 종래에는 아예 바다에 뛰어들어 헤엄치며 배를 끌었다. 그러고는 전력으로 말뚝에 줄을 댔다.

　땅에서 태어났으면서도 바다를 보고 있는 사람. 내가 떠내려가지 않기를 바라는 유일한 사람. 가녀린 다리로 세상의 끝에 뿌리를 내리고 닻이 떨어져나가는 그 순간까지도 내 손을 잡고 버티고 있을 자그마한 말뚝, 에스투스. 이 책은 그를 위해 쓰였다.

✠

　내가 두문불출하며 무가치하게 보낸 세월 동안 에스투스는 여러 권의 책을 출간했다. 『우리의 기쁨』, 『공동체의 기쁨』, 『세계의 기쁨』으로 이어지는 기쁨 3부작이었다. 나는 그의 책을 읽지 않았다. 수년 전 에스투스에게 위대한 정신에 대해 들은 이후로 나는 의도적으로 그와 선에 대해 이야기하는 것을 피해왔다. 밝은 기운이 흘러넘치는 그것이 내 근간을 이루는 악을 안에서부터 조금씩 무너뜨리려 함에 저항할 수 없다고 판단했다. 따라서 솔직한 심정으로, 나는 그의 저서들이 두려웠다. 불행 중 다행으로 에스투스는 내게 자신의 책을 읽어달라고 청하지 않았으므로 나는 가장 비좁고 숨 막히는 나의 낙원에 조금 더 머물 수 있었다.

그런데 망가지고 있던 게 나뿐만은 아니었던 모양이다. 집필에 몰두할수록 에스투스가 혼자 있는 시간은 길어질 수밖에 없었다. 책 제목이 무색하게, '우리'와 '공동체'의 기쁨에서 멀어진 에스투스는 점점 야위어갔다. 그는 내가 선이라고 부르는 것들을 연구하는 데 대부분의 시간을 쏟으면서도 해결되지 않는 목마름의 해답을 내게서 즉, 악에서 찾으려고 했다. 나는 기꺼이 그와 시간을 보냈다. 그러나 그와 나는 함께 있어도 '우리'가 될 수는 없었다. 나와 그는 서로 속한 세계가 달라서 하나의 주제를 두고 대화를 나누면서도 결코 근본적인 무언가를 공유할 수는 없었다. 그는 서서히 고립되어갔다. 그보다 먼저 고여 썩어가고 있던 내게는 그 과정이 너무도 선명히 보였다. 에스투스와 나는 시간이 갈수록 서로에게 필요한 존재가 되어갔다. 서로에게 닿지 못할 것을 알면서도 끝내 한 가닥 미련을

버리지 못했다. 우리는 함께 악으로 침잠했다. 물론 가장 밑바
닥에 먼저 도착한 것은 나였다.

Chapter. 3

악의 기쁨
악의 씨앗

악의 기쁨

어느 날 갑작스럽게, 하지만 전혀 놀라울 것 없이 그 일은 일어났다. 언제까지나 나의 세계에만 갇혀 있을 수 없다는 것은 알고 있었다. 그것은 끝이 분명히 정해진 이야기였고, 마지막이 서서히 다가오고 있음을 어렴풋이 느끼고 있었다. 애써 모른 척했을 뿐.

그날은 유난히 배가 고팠다. 인탈리엔에서 가장 쓸모없는 나 같은 사람도 다른 이들처럼 때마다 음식을 필요로 했다. 마지막으로 식사를 한 게 언제였는지 가물가물했다.

노인은 내가 방 안에서 무엇을 하는지 묻지 않고 그저 때마다 문 앞에 밥을 놓아두었다. 내가 제때 먹지 않아도 상은 늘

새것으로 바뀌었다. 그런데 오늘은 시간이 한참 지났음에도 문 앞이 허전했다. 평소 같으면 대수롭지 않게 넘겼을 일이지만, 그런 순간이 있다. 무언가 일어났다는 서늘한 예감이 느껴지는 때가. 집 안이 유난히 조용했고 바닥에는 한 겹 냉기가 흘렀다. 순간 알아차렸다. 애써 눈을 돌리고 있던 현실의 파랑이 드디어 턱밑까지 차올랐음을.

나는 지난 몇 년을 발걸음하지 않았던 노인의 서재로 향했다. 실은 가고 싶지 않았지만 무언가에 발목이 잡힌 듯 무력하게 끌려 걸었다. 비스듬히 열린 서재의 문틈으로 낮게 깔린 정적이 새어 나왔다.

노인은 서재 바닥에 엎드려 있었다. 한참 눈길을 주어도 그는 미동조차 하지 않았다. 찬 바닥에 누운 노인과 그 옆에 떨어진 펜 한 자루를 제외하면 서재는 노인이 항상 관리하던 정갈한 모습 그대로였다. 반듯한 실내와 엎드린 노인이 그리는 부조화가 상황을 꾸밈없이 드러내고 있었다. 노인이, 죽었다. 그는 마지막 순간까지도 그토록 진실된 모습이었다.

시간이 조금 지나 노인을 보러 온 에스투스가 우뚝 서 있는 나와 그 앞에 엎드린 노인을 발견했다. 성정이 유약한 그는 의외로 담담하게 상황을 수습했다. 사람들을 불러 노인을 옮기고, 이후에 있을 환향식 절차를 간략히 들려주었다. 그는 내게 아무것도 묻지 않았다. 그 침착함이 어릴 적 보았던 노인의 모습을 떠올리게 했다. 어쩌면 노인은 당신의 마지막을 예감하고 에스투스에게 언질을 줬던 것일지도 몰랐다. 어째서 내게는 알리지 않았던 걸까. 그것이 노인을 피해왔던 나에 대한 배려였는지 혹은 배척이었는지, 나는 알지 못했다.

노인이 사라진 자리에 흐트러진 것이라곤 아무것도 없었다. 오직 나만이 그곳에 덩그러니 남아 그림을 망치고 있었다.

"망누스, 위대하고 거룩한 자여. 우리 인탈리엔의 가족들이 한데 모여 당신의 영예로운 환향을 봅니다. 당신께서 우리 공동체의 위대한 스승으로 계실 적 빚어주신 기쁨을 아직도 잊지 못합니다. 우리는 여전히 당신의 따뜻한 품에서 숨 쉽니다. 빛에서 나고 온기로 지신 아름다운 자여, 이제 당신의 육신은 수호목 아래 잠들어 새로운 생명으로 피어나고, 당신의 위대한 정신은 인탈리엔의 하늘이 되어 여전히 이곳에 발 딛고 살아갈 어린 영혼들의 안식이 될지니. 해와 구름과 바람과 땅, 모든 위대한 것들이 당신을 축복하니 그들의 인도에 따라 자연히 걸으소서. 당신의 걸음으로 다져진 대지에서 우리는 다시 살아갑니다. 그리고 때가 되면 당신과 어깨를 나란히 하고 누워 인탈리엔으로 되돌아가려 하니 기쁜 일이 아닐 수 없습니다. 오늘은······."

비가 오길 바랐다. 아무도 울지 않는 이곳에서 나를 대신해 하늘이라도 실컷 울어주길 바랐다. 하지만 무심하게도 화창한 저 하늘은 나에게 한 점의 슬픔마저 허락하지 않았다. 노인의 주위를 감싸고 존경과 축복의 눈빛을 보내는 저들과 한패인 것이 분명했다. 사람들은 그의 영혼이 고귀하고 아름다운 인탈리엔의 품으로 돌아가게 된 것에 기쁨을 표했다.

노인은 푸르른 거목 아래 반듯이 누워 있었다. 그의 주위로 하얗고 노란 꽃들이 만개했다. 보드라운 햇살과 선선한 바람이 그의 흰 머리칼을 가볍게 훑고 지나갔다. 그는 더 이상 웃을 수 없었으나, 평생 그의 얼굴에 맺혀 있던 온화한 미소가 눈과 입가에 주름을 패어 그를 미소 짓게 하고 있었다. 인탈리엔의 정수와도 같은 노인의 마지막 모습에 사람들은 탄복했다. 그들은 앞다투어 노인의 마지막을 감축했다. 그제야 나는 그의 주검 앞에서 느꼈던 위화감의 정체를 깨달았다. 누구보다 먼저 그의 마지막을 접한 내게, 그는 등을 보이고 있었다. 마치 내게는 더 이상 기대할 게 없다는 듯, 저 아름다운 표정을 숨긴 채 나를 등지고 있었다. 그런데 지금 그의 모습은 어떤가. 저리도 평온한 얼굴로 모든 이들의 사랑을 독차지하고 있다. 웃음이 났다. 마침내 모든 것을 잃은 내 앞에서 저들은 영광을 노래한다. 노인으로부터 물려받은 모든 축복과 경의를 소리 내어 다시 그에게 돌려보낸다. 섬세한 강약과 완벽한 화음, 가장 낮은 음부터 가장 높은 음에 이르는 모든 목소리가 하나의 완전한 선율을 이룬다. 절대 흔들리지 않는, 무한한 영광을 내재하는 하나의 직선이 내 중심부를 관통하고 지나간다. 짜르르한 전율이 등줄기를 훑는다. 모든 이에게 축복을 내리는 그 빛의 선율은 이 세상에 오직 나에게만큼은 무자비한 말뚝과 같았다. 그것은 내게 내려진 일종의 선고였다. 그들의 세계에서의 완전한 추방. 나는 기꺼이 외부인이 되어 이 성대한 축제에 반발했다.

'죽어서까지도 이 끔찍하게 평온한 곳에 머물러야 한다니. 노인에게 그런 벌이 내려질 수는 없다. 그의 고귀한 삶이 이런 식으로 보답받아서는 안 되는 일이야.'

이 세상에서 내가 유일하게 사랑했던 사람을 잃었는데 대체 누구에게 무얼 감사한단 말인가. 이곳에서 노인을 진심으로 사랑한 이는 나뿐이었다. 노인을 저들에게 넘겨줄 수는 없다. 각오를 다진 나는 그에게로 걸었다. 미간을 잔뜩 일그러뜨리고 눈물을 뚝뚝 흘리며 똑바로 걸었다. 사람들은 내 행동에 놀라움을 감추지 못했다. 고인의 환향식에서 눈물을 흘리는 것은 그 자체로 금지된 행위는 아니었지만, 일찍이 전례가 없었으며 그들의 세계에서는 이해할 수도 없는 일이었던 것이다. 나를 죄어드는 여러 손길을 물리며 강인하게 걸었다. 그들의 손 하나하나가 마치 바위로 된 산처럼 내 어깨를 짓눌렀다. 노인에게로 가는 그 몇 걸음은 영원과도 같이 멀었다. 마침내 그에게 도착한 나는 이제껏 남들에게 보이는 것을 금기시해왔던 악을 한 방울도 남기지 않고 분출했다.

"모두 나가."

일순 정적이 흘렀다.

"당장 여기서 나가라고."

갑작스러운 상황을 이해하지 못한 듯, 그들은 무구한 눈을 빛내며 나를 가만히 바라봤다. 걸음을 돌리는 이는 없었다.

"내 말 안 들려? 당장 여기서 사라지라고. 한 사람도 남김없이 전부, 전부 사라지란 말이야. 저분의 자식은 나 하나야. 그에게 향할 존경도 감사도, 후회와 슬픔까지도 전부 내 몫이라고. 그가 베푼 사랑과 기쁨은 전부 내 것이란 말이야! 당신들이 무슨 자격으로 이곳에 서 있지? 이 중에 진정으로 그를 사랑한 사람이 있기나 한가? 이 위선자들!"

"말루스, 이곳에 모인 이들은 모두 선생님의 아이들입니다. 선생님은 저희 모두의 존경을 받는 분이셨습니다. 항상 온기로 저희를 품어주셨고, 저희는 그분을 통해 진정한 행복을 알았습니다. 우리는 언제나 사랑을 주고, 또 받았습니다."

"하, 그 얕아빠진 사랑. 너희는 그를 진정으로 사랑했다고 생각하겠지만. 글쎄, 누구에게나 베풀고 누구에게서나 받는 그 흔한 사랑에 대체 무슨 의미가 있지? 모두를 사랑하는 것은 결국 아무도 사랑하지 않는 거라는 걸 당신들은 꿈에도 모르겠지. 그런 가벼운 마음으로 그를 대한 것만 해도 이미 용서할 수 없어. 그런데 이제는 그의 마지막 걸음에까지 그 지저분한 짐을 지우겠다는 말인가? 난 절대로 용납할 수 없어."

"오, 말루스…… 정녕 그렇게 생각했다면 슬픈 일입니다. 우리는 진심으로 선생님을 사랑했습니다. 물론 당신도 사랑하고요. 선생님은 내내 당신을 염려하셨습니다. 당신께서 감당키 어려운 아픔을 가진 아이가 있는데 어떻게 도와야 할지 알 수 없다고 하셨죠. 우리도 어떻게든 도와야 했지만……. 미안합니다. 결국 당신께 깊은 상처를 안겨드리고 말았군요."

그들은 나를 둘러싸고 서서 한껏 동정했다. 열일곱의 어느 날, 내가 에스투스를 비참히 주저앉혔던 그 교실 바닥에 이제는 내가 앉아 있었다.

"그 입 다물어. 그가 나를 염려했다고? 웃기는 소리. 그는 내 모든 걸 포용해주셨던 분이야. 내게는 아무런 문제가 없다고,

오히려 이제껏 없었던 특별한 존재라고 말해준 유일한 사람이었다. 내가 어떤 선택을 하든 무조건적인 지지를 보내며 당신들에게는 없는 진실한 사랑으로 품어주셨단 말이다. 그런 분이 내가 없는 곳에서 나를 깎아내렸다는 말을 믿으라는 건가? 이 더러운 인간들. 당신들은 그에 대해 아무것도 몰라. 이 자리에 발붙이고 있을 자격 따윈 없다고. 당장 그분에게서 물러나!"

"말루스, 잠깐만. 저희는 당신을 도우려는 겁니다!"

"하, 물론 그러시겠지. 너희는 아무것도 이해 못 해. 내게 아무런 도움도 되질 않는다고. 열 명이고 백 명이고 전부 똑같이 생겨 먹은 소름 끼치는 인간들. 제발 날 내버려둬. 다 불태워버리기 전에 내 눈앞에서 사라지라고! 으아아아아악!"

나는 목이 터지도록 울었다. 평생을 억눌려왔던 악이 드디어 제 세상을 만난 듯 가열하게 뿜어져 나왔다. 조금 전까지 불을 삼킨 듯 뜨겁게 달라올랐던 배 속이 한순간 허해졌다. 이제 진실은 상관없다. 그들이 나의 사랑스러운 노인을 나 대신 떠나보내려 했다는 사실, 그 무게감 없이 반짝이는 눈으로 그의 마지막을 더럽히고, 마침내 나를 그들의 심판대에 세워 노인에게 일평생 염려만을 안겨주었던 짐 더미이자 은혜의 배반자로 만들었다는 사실은 곧 내게 아무런 의미를 갖지 않게 되었다. 나는 다만 뜨거워진 속을 달래는 데 온 정신이 팔려 있었고, 이윽고 그들이 전부 자리를 떠 혼자가 되었을 때까지도 나는 계속해서 악을 지르고 있었다.

그렇게 나는 공허함만이 맴돌았던 노인의 마지막을 악으로 가득 채워나갔다. 선하디선한 그들이 이번에도 내 바람을 이루어주기 위해 움직일 거라는 사실은 이미 알고 있었다. 소리치는 나를 걱정하던 이들은 하나둘 자리를 떠나갔다. 그렇게 또다시 나는 원하는 것을 쉽게 얻어냈다. 온전한 나의 의지로, 나는 노인이 떠나간 이 눈부신 빛의 세상에서 오롯이 혼자가 되었다.

……아니, 사실 에스투스가 마지막까지 자리에 남아 있었던 것 같다. 그만은 나를 동정하지 않고 그저 묵묵히 악을 받아내며 서 있었다. 그의 얼굴에는 짙은 그늘이 자리 잡고 있었다. 지긋지긋한 빛줄기에 눈이 멀어버릴 것 같았던 내가 향할 곳이라고는 이제 에스투스의 서늘한 그늘뿐이었다. 그곳은 내 손으로 쌓아 올린 검은 정원, 안전한 보금자리였다. 나는 거의 기다시피 그에게 다가가 구둣발로 손을 뻗었다. 이제 노인은 없다. 나는 몸을 잔뜩 웅크린 채 따뜻한 햇살 아래서 한참을 부들부들 떨었다.

내 손으로 직접 노인을 묻고 돌아와서도 나는 계속 추위를 느꼈다. 불을 올리고 이불로 몸을 감싼 채 바깥출입을 삼갔다. 무엇을 해야 할지 알 수 없었다. 에스투스는 당분간 나를 찾아오지 못할 것 같다고 했다. 그런 모습을 보였으니 당연한 일이라고 생각했다.

얼마인지도 모를 시간이 흘렀다. 나는 스스로의 존재 이유를 모른 채 계속해서 먹고, 마시고, 시간을 죽이며 홀로 썩어가고 있었다.

나는 먹는다. 무엇인지도 모를 것들을 한입 가득 욱여넣고 게걸스럽게 씹어 삼킨다. 그리고 잔다. 낮이고 밤이고 머릿속에 무언가 떠오르려 할 때마다 눈꺼풀을 틀어막고 억지로 잠을 청한다. 일어나서 화장실에 간다. 또 꾸역꾸역 음식을 먹으려면 속을 비워내야 한다. 다 비웠으면 다시 처먹고, 먹었으면 그대로 누워 다시 일어나지 않아도 될 때까지 잠을 자본다. 얼굴에는 못 보던 상처가 있다. 문짝에 머리를 내리박았던가. 뭐, 그리 중요한 일은 아니다. 나는 언제까지 이렇게 살아 있는 걸까.

✠

　환향식 이후 한동안 볼 수 없었던 에스투스는 짐을 챙겨 노인이 머물던 서재로 들어왔다. 그의 성정에 혼자 무너져가던 나를 내버려둘 수 없었을 것이다. 그가 내 집에 머물게 된 일로 실은 얼마나 안도하게 되었는지 그는 모를 것이다. 그 덕에 내가 죽지 않고 살아 있었음을.

　그 무렵 나는 대부분의 시간을 죽음에 대한 생각으로 채워나갔다. 죽음이란 무엇이며 어떻게 오는지, 그 뒤에는 무엇이 있는지에 대해 고민했지만 홀로 다루기엔 벅찬 주제였다. 다만 한 가지, 세상에 오직 나만이 알 수 있는 죽음의 비밀을 발견하고 말았는데, 그것은 내가 스스로 죽음을 선택할 수 있을지도 모른다는 사실이었다. 세계의 유일한 악이란 그런 엄청난 특권까지 가지고 있었던가. 남을 해하는 것조차 전례가 없었던 인탈리엔의 유구한 역사 속에, 심지어 자신을 해친다는 것은 그 개념 자체가 너무도 충격적인 것으로 생명을 구성하는 모든 원리를 역행하는 미지의 영역이었다. 그러고 보면 나의 악이 밖으로 분출되기 전에 나는 머리를 쥐어뜯거나 벽을 내려치는 행위를 하곤 했었다. 이것이 나를 파괴하는 일이라는 점으로 미루어 그보다 더한 행위도 충분히 가능함을 여태

인지하지 못하고 있었다. 하지만 내 안의 나는 그러한 행위가 마침내 스스로의 목숨을 빼앗는 수준까지 연결될 수 있다는 사실을 알고 있었던 것 같다. 순간 온몸의 털이 곤두서며 전에 없던 비이성적이고 극렬한 감정에 사로잡혔다. 사고가 정지하고 깊은 물속에라도 잠긴 듯 주변의 소리가 한순간에 먹먹해졌다. 어둑해지는 시야 속으로 몇 가지 장면이 떠올랐다. 엎드려 있는 노인과 정갈한 서재. 축복을 노래하던 아름다운 선율과 무섭도록 담담했던 주검 앞의 나. 나무 아래 묻힌 노인의 미소와 거울에 비친 나의 무표정 등이 번갈아 지나갔다. 손발이 떨리고 목덜미가 뻣뻣해짐을 느끼며 머리가 찌르듯 아파왔다. 발을 들여서는 안 되는 영역에 다가선 느낌. 나는 생각하는 것을 그만두었다. 최선을 다해 아무 생각도 하지 않음으로써 죽음으로부터 간신히 도망쳐 나올 수 있었다.

당시 최대 관심사였던 죽음에 비하면 다른 악들은 아주 사소한 문제였다. 내가 처음으로 악을 인식하고 그것을 발전시켜오던 시절에는 항상 비교 대상인 누군가가 있었다. 그들과는 다른 것, 그들에게는 없는 것, 나만이 가진 특별한 것이었던 악은 그 자체로 가치가 있었다. 하지만 세상과의 접촉을 끊고 혼자 지내기 시작한 후로 나의 악은 특별할 것 없고 더 나아가 쓸모없는 것이 되었다. 나의 악은 들러붙을 대상을 잃었고 내 안에서만 빙빙 맴돌며 고여 있었다. 악에 대해 생각하는 것도 점점 지겨워졌고, 종국에는 악이 무엇인지조차 알 수 없는 지경에 이르렀다. 더 이상 발버둥 칠 이유를 찾을 수 없었다.

나는 어두운 방구석에 우두커니 선 채 몇 년을 은거하며 지냈다. 몸을 누일 때마다 저 아래에 있는 어떤 곳으로 빨려 들어가는 느낌이 들어 계속 몸을 세우고 있어야만 했다. 만일 누군가에게 그 모습을 들켰다면 두 발로 선 거대한 박쥐를 보았다고 소문이 났을지도 모를 일이다.

✠

홀로 망가져가는 나를 지켜보던 에스투스는 돌연 책을 내겠다고 했다. 그동안 내가 악에 대해 조언해주었던 내용과 평소 나누었던 대화를 바탕으로 나의 사고 체계를 정리해두었다고. 처음에는 이게 무슨 소리인가 했다. 나의 사고 체계라니. 이미 틀이 잡힌 원고에는 내가 평소 떠올리고도 침묵했던 생각, 참지 못해 조금씩 새어 나왔던 그림자, 결국 주체하지 못하고 터뜨렸던 온갖 음습하고 어두운 것들이 놀랍도록 깔끔하게 정리되어 있었다. 나는 그 순간 끔찍한 부끄러움과 가슴이 터질 듯한 환희를 동시에 느꼈다. 그것은 일종의 해방감이었다. 평생 혼자만의 공간에 억눌려 있었던 무언가가 에스투스에 의해 강제로 끄집어내어졌다. 그것은 나라는 존재에 대한 확신이었으며 세상에 등장한 적 없는, 완전히 새로운 것이었다.

에스투스는 나보다 나를 더 잘 알고 있었다. 그는 엷게 웃으며 이 책이 사람들을 반쪽짜리 세상에서 구원해 더 넓은 곳으로 이끌어줄 것이라 확언했다. 그리고 책이 에스투스 자신의 이름으로 출간될 것이며, 나의 정체는 꼭꼭 감춘 채 모든 인세를 양도하겠다는 조건을 일러주며 일말의 불안감마저 해소시켜주었다.

이제 와 생각해보면, 나는 그가 책을 쓰려는 이유를 묻지 않았다. 그 내용에 놀란 나머지 물어볼 정신도 없었거니와 이미 모든 걸 준비해놓은 듯한 에스투스의 유려한 설득에 홀린 듯 넘어갔기 때문이리라. 그때까지 나는 단 한 번도 나를 향한 거짓말을 접해본 적이 없었기에 그의 말에 의문을 품을 생각조차 하지 못했다. 그냥 그러려니 했다. 그리고 어차피 책의 내용을 이해할 사람은 없으리라 생각하며 세상에서 유일하게 나를 이해해주는 에스투스를 실망시키지 않겠노라 다짐했다. 나는 최선을 다해 그를 도왔고 『말할 수 없는 사전』도 그에게 넘겨주었다.

에스투스와 나는 책에 관한 이야기로 많은 날을 보냈다. 내 얼굴에는 점점 생기가 돌았다. 에스투스가 나에게만 완전히 몰입하고 있다는 느낌, 그리고 내가 다시금 무언가 생산적인 일을 하고 있다는 생각에 들떠 있었던 것 같다. 그는 자신이 정리한 악을 내게 보여주었다. 분명 내 입에서 나왔을 그것들을 마주하며 나는 종종 심장이 차가워지는 느낌을 받았다. 나조차도 미처 정복하지 못했던 미지의 바다, 혼란스럽고 변덕스러운 나의 악이 그의 원고에 얌전히 갈무리되어 있었다. 그 구조가 대단히 정교해서, 악이라는 것이 우리의 창조물이라기보다는 원래 그렇게 만들어진 장치 같았다.

첫 장은 악의 정의와 탄생이었다. 이 부분에서는 본래 내 이야기가 빠질 수 없었는데, 에스투스는 나의 정체를 감추겠다는 약속에 따라 가상의 인물을 등장시켜 이를 설명하고 있었다. 위대한 창조자인 그는 이 땅에 내려와 악을 설파함으로써 자신이 고통 받고 있는지조차 모르는 순진한 이들을 깨우쳐 이끄는 존재였다. 나를 모티브로 한 인물이라기에 그는 너무도 강인한 의지와 자신에 대한 확신을 갖고 있는 것처럼 보였다. 그가 정의한 악은 이러했다.

"악은 존재의 증명이다. 이미 존재하는 모든 것은 원래 그러한 상태로 창조되었기에, 그 자체로는 아무런 의미를 갖지 않는다. 다만 악의 인도로 필요한 자의 손에 쥐어졌을 때 비로소 가치를 찾는다."

나는 당황했다. 나는 원래 이 세계에 존재하지 않던, 나만이 느낄 수 있는 것들을 한데 묶어 악으로 총칭했지만 정작 악 그 자체에 대해서는 뚜렷한 정의를 내리지 못했었다. 그런데 나의 악이 에스투스로 인해 처음으로 정의를 갖게 되었다. 존재의 증명이라, 악이 그렇게도 거창한 것이었던가? 나에게 악이란 자랑스럽지 못하고, 늘 나를 혼자 있게 만드는 욕심 많은 동반자였다. 그런데 이제는 그 악이 누군가의 존재를 대신 증명하고 있다. 내가 만들어낸 무언가가 처음 타인에게 인정받았다는 사실은 말로 설명할 수 없는 만족감을 안겨주었다.

사실 에스투스가 내린 악의 정의를 그대로 받아들여도 되는가, 하는 우려도 있었다. 하지만 적어도 나에게는 이보다 더 딱 맞는 정의가 없을 터였다. 나는 인탈리엔 사람들을 말할 줄 아는 나무 정도로 여겨왔다. 오로지 악을 가진 나만이 살아 있고 가치 있다고 여겼던 시간들이 에스투스에게는 투명하게 보였던 모양이다. 어쩌면 내 입으로 직접 말했을 수도 있었다. 에스투스가 그것을 이해할 것이라고는 한 번도 생각해본 적 없었으니까. 아무래도 상관없었다. 이제 나는 혼자가 아니다. 그는 내가 심혈을 기울여 키워낸 처음이자 마지막 제자이며 세상에서 유일하게 나를 이해할 수 있는 벗이기에, 이제는 내가 그의 말을 들어줘야 할 때가 온 거라고 생각했다. 나는 순순히 그의 악을 받아들였다. 만약 나조차 아직 밝혀내지 못한 진정한 악의 모습이 에스투스의 그것과 조금 다르다고 해도 크게 문제될 것은 없었다. 에스투스라면 모를까, 인탈리엔의 다른 이들은 영영 악을 이해하지 못할 테니까. 그리고 이 책도 빛을 보는 일 없이 상점 구석에 재고로 남겠지. 상관없다. 에스투스가 하고자 하는 일을 나는 도울 것이다.

초장의 정의와 탄생 이후로는 누군가를 내 의도대로 움직이는 법, 남을 속여 이득을 취하는 법, 악을 들켰을 때 올바르게 해명하는 법 따위가 순서대로 등장했다. 꽤 철학적이었던 시작과 달리 책 자체는 어쩐지 실용적인 느낌을 풍겼다. 악을 행하는 구체적인 방법에 대해 에스투스에게 일러주었던 내용들이 장별로 정리되어 있었다. 내가 이렇게까지 얘기했었던가. 공동체 시절 나의 발자취에서는 선한 것들에 필요 이상으로 반발하려는 의지가 엿보였다.

개인이 물건을 소유하고 있으면 그 사람 하나가 행복하다. 하지만 그의 물건을 가져와 보다 유용한 곳에 사용하면 우선

내가 행복해지고, 행복한 나를 바라보는 상대도 행복해지기
에 최소한 둘 이상이 행복하다. 그것은 즉, 우리의 행복이다.

—「수확의 기쁨」, 67p 중

일부 대목에서는 나조차 흠칫했다. 그 시절의 나는 아직 미숙했으므로 스스로 옳지 않다고 생각되는 일이더라도 애써 이유를 붙이려 했었다. 그중 상당수는 오랜 기간에 걸친 사유로 검열되었지만 에스투스에게는 그대로 남아 있었던 모양이다.

나는 조심스럽게 일부 내용을 빼거나 수정할 것을 제안하기도 했다. 물론 에스투스는 내 의견을 대부분 수용했지만, 가끔은 열심히 자신의 의견을 피력하며 원문 내용을 남기고자 했다. 조금 의아했지만 자신이 쓴 책에 대한 애정이 깊은 것이라 생각해 의견을 존중해주었다. 나는 여기서 중요한 사실 하나를 놓쳤다. 나와 다른 의견을 주장한다는 것 자체가 일종의 거절이라는 것을 그때는 몰랐던 것이다. 나는 그전까지 어떤 상황에서도 거절당해본 일이 없었는데 에스투스가 처음으로 그것을 해낸 것이었다. 이는 에스투스의 근본적 변화를 의미했으며, 그에게 심어둔 악이라는 씨앗이 싹을 틔운 순간이었음을 이제야 깨닫는다. 그렇게 수많은 퇴고 끝에 에스투스의 책이 출간되었다. 책의 제목은 『악의 기쁨』이었다.

악의 씨앗

『악의 기쁨』 출간 이후 벌어진 일들을 설명하기 전에, 우선 그 일련의 사건들이 어떻게 흘러갔는지에 대해 내가 제대로 알지 못함을 시인한다. 에스투스는 책을 완성한 뒤 내 집을 떠났다. 노인의 서재는 다시 텅 비어버렸고 얼마간 생기가 돌았던 나는 이내 익숙한 고독의 품으로 돌아왔다. 살아 숨 쉬는 것만도 벅찼던 내게 밖을 살필 여유는 없었다. 다만 정신을 차렸을 때는 이미 세상이 걷잡을 수 없이 변해버린 후였다. 그저 스쳐 지나갈 것에 불과했을 일들이 어떤 인과를 거쳐 여기까지 오게 되었는지, 지금이라도 알게 된다면 나의 잘못을 바로잡을 수 있을까? 알 수 없는 일이다. 다만 당시의 나에게는 변해가는 에스투스와 나, 우리들에 대한 것을 따라잡기에도 힘에 겨웠음을 헤아려주길 바란다.

✠

사람들은 처음에는 악을 쉽사리 받아들이지 못했다고 한다. 옳고 그름에 대한 가치판단을 떠나 애초에 그들에게는 태생적으로 불가능한 일이었기 때문이다. 『악의 기쁨』은 출간 초기에는 그의 이전 저서들이 그랬던 것처럼 따뜻한 외면을 받았다. 나 역시 바깥 상황에 크게 관심을 두지 않았다. 그저 에스투스가 책의 보완을 위해 나를 자주 찾아오는 것을 달갑게 여겼을 뿐이다.

이전과는 달리 에스투스는 책의 판매에 매달리는 모습을 보였다. 직접 발로 뛰고 지인들에게 부탁해가며 최대한 책을 홍보하려고 했다. 때때로 설명회인지 강연 같은 것을 준비한다며 내게 보충수업을 요청하기도 했으니, 적극적으로 밀고나가는 그의 보기 드문 모습이 퍽 신선했다. 책에 대한 그의 태도는 강경했으나 저돌적인 것과는 거리가 있었다. 책의 흥망에 관해서는 앞뒤를 철저하게 따져보고 나서야 움직였다. 그 진지한 태도에 가끔은 어떤 엄숙함마저 느껴질 때가 있었지만 그것이 실제로 효과적이었는지는 모를 일이다.

그때 말렸더라면 막을 수 있었을까. 의미 없어 보였던 그 작은 걸음들이 인탈리엔을 내부로부터 조금씩 갉아먹고 있었다는 것을 나는 알 턱이 없었다. 아니, 어쩌면 알았더라도 당시의 나는 막으려 들지 않았을 것이다. 오히려 손을 보탰겠지.

아무튼, 에스투스는 계속 애쓰고 나는 계속 방관하던 일종의 평형상태는 오래 지속되지 못했다. 지지부진하던 국면은 하나의 사건으로 대전환을 맞게 된다. "악의 씨앗"이라 기록된 그 사건에 대해서는 당시의 신문을 통해 꽤 상세한 정보를 얻을 수 있었다.

선한 자들의 행동 양식이란 게 매양 그렇다. 최악의 상황 따위를 상정하는 일이 없기에 대처하지 못한다. 세상일이라는 게 그렇게 마음대로 흘러갈 턱이 없는데도 그들은 그 순진한 믿음으로 다가올 재앙을 애써 모른 체한다.

때는 시린 바람이 부는 겨울이었다. 인탈리엔 남부의 한 씨앗 공동체에 화재가 일었다. 보통 여덟, 많아야 열 살 남짓의 아이들이 다니는 그 작은 공동체에는 여느 때와 다름없이 아이들이 모였다. 그런데 오전 열 시가 되어도 선생이 나타나지 않았다. 이내 연락이 닿기를, 선생이 감기에 걸려 밤새 앓았고 금방 채비하고 공동체에 올 테니 자율적으로 담론을 나누라고 했다 한다. 소식을 전해들은 한 아이는 모두에게 그 말을 전달했다. 씨앗 공동체의 자유로운 방식에 따라 아이들의 그날 이야기 주제는 선생님의 감기로 정해졌다. 수많은 염려와 사랑의 말이 오갔고, 그 어여쁜 씨앗들은 고사리손으로 선생을 돕기로 한다. 날이 추워 선생님이 감기에 걸렸으니 교실을 따뜻하게 데워놓자는 의견이었다. 이내 마루 가운데에 장작이 모였고, 목수 아버지를 둔 아이가 불을 붙였다. 바닥을 타고 벽으로 옮겨 붙은 불은 다시 커튼으로 번졌다. 작은 목조건물은 그렇게 순식간에 불타올랐다.

"불이야!"

아이들은 허둥댔다. 이제 막 부모의 품을 벗어난 새싹들이 살며 겪어온 위험이라고 해봐야 대단할 리 있었을까. 열두 명의 아이들 중 가장 현명한 아이가 말했다.

"괜찮아, 얘들아. 일단 진정하고 천천히 생각해보자. 어른들 말씀 기억하지? 우리는 인탈리엔의 축복 받은 씨앗들이니까 어떤 상황에서도 온 세상이 우리를 위해 움직일 거라고 하셨잖아. 우린 괜찮을 거야."

다른 아이들이 동조했다.

"그래, 맞아. 선생님이 금방 도착해서 우리를 구해주실 거야. 불이 금방 꺼질 수도 있고 말이야."

"응, 너희 말이 맞아."

"나도 그렇게 생각해. 그런데 얘들아, 나 목이 따가워. 입구가 너무 뜨거워서 밖으로 나갈 수가 없는데 어떻게 해야 돼?"

"음, 지금 저기로 나가는 건 위험한 것 같아. 혹시 조금만 기다리면 비가 와서 불이 꺼지지는 않을까? 오늘 날씨가 흐렸잖아."

타오르는 건물 안에서 대략 이런 말들이 오갔다고 한다. 이렇게 자세한 대화가 기록될 수 있었던 건 다행히도 그들 대부분이 살아남았기 때문이다. 그러나 그 작은 씨앗들 중 넷은 불길 속에 스러졌다. 놀랍게도 나머지를 구한 것은 에스투스, 정확히는 그를 비롯한 몇몇 어른들이었다. 당시 에스투스는 강연 차 남부의 몇몇 공동체를 순회하고 있었다고 한다. 이동 중이던 그는 치솟는 불길을 보았고 당장 주변의 어른 몇을 데리고 불타는 목조건물 속으로 뛰어들었다. 다시 그 어른들 중 한 명의 희생이 있었다. 총 다섯을 잃고 여덟을 구해낸 이 비극적인 사건은 인탈리엔에 대대적으로 보도되었고, 에스투스는 인탈리엔의 영웅이 되었다. 그의 나이 마흔이었다.

전례 없던 규모의 환향식이 끝나고, 희생자들에게 쏠렸던 이목은 영웅에게로 옮겨갔다.

"그는 우리 인탈리엔의 자랑입니다. 물론 인탈리엔에서 나고 자란 이라면 누구라도 응당 그렇게 했을 겁니다. 하지만 그의 빠른 판단과 결단력이 어디에서 비롯되었는지는 모를 일입니다. 우리 중 누구도 그렇게 발 빠르게 무언가를 결정할 수는 없으니까요."

이 발언은 당시 에스투스를 인터뷰하는 과정에서 기자가 제시한 의문이다. 이때 에스투스가 남긴 답변으로 인해 온 인탈리엔이 균열의 시작점에 섰다고 해도 과언이 아닐 것이다.

"나는 신념대로 '악하게' 행동했을 뿐입니다. 당시에는 온통 아이들을 구해야 한다는 생각뿐이었고, 다른 것은 모두 배제한 채 오로지 나의 열망을 따랐습니다. 나를 도운 이들, 특히 가장 앞서 건물에 들어갔고 결국은 돌아오지 못한 우리의 위대한 친구 또한 그랬을 테지요. 그의 마음은 이미 악으로 가득했던 겁니다. 악은 우리가 진정으로 바라는 행동을 할 수 있도록 우리를 돕습니다. 또한, 꼭 필요할 때 곧바로 행동할 수 있게 합니다. 그 결과 우리는 소중한 여덟 씨앗을 살릴 수 있었습니다."

기사가 실린 이후, 인탈리엔에서 가장 많이 다루어진 키워드는 당연히 '악'이었다. 사람들은 난생처음 듣는 단어에 악이 어떤 것인지 짐작조차 하지 못하고 얼마간 방황했으나, 다행히도 그들에게 지침이 되어줄 만한 것이 있었으니 바로 『악의 기쁨』이었다. 책에는 악의 명쾌한 정의와 그 탄생을 비롯해 자세한 실행 방법과 상황에 맞는 지침까지 마련되어 있었으니 책은 마치 날개 돋친 듯 팔려나갔다. 몇몇 공동체에서는 담론 주제로 악을 다루기도 했다. 그럼에도 여전히 그들은 악을 손톱만큼도 이해하지 못했다. 갓 태어난 병아리가 거대한 악어를 마주쳤을 때의 모습이 그들과 비슷했으리라. 그들은 악의 거대함과 강력함을, 그 압도적인 우위에서 비롯되는 무관심함을 전혀 알아채지 못한 채 또다시 무구한 눈을 빛냈다.

비록 그들이 악을 이해하지 못했더라도, 그것을 이해하는 것과 실행하는 것은 또 다른 문제였던 것 같다. 일부는 『악의 기쁨』을 일종의 실용서처럼 받아들였는지 이론을 건너뛰고 실천을 통해 조금씩 삶에 적용시켜보기 시작했다. 가령, 자신의 이익을 위해 남을 이용하라는 말의 뜻을 이해하지는 못했지만, 부탁의 말미에 "이건 다 널 위한 일이야"라는 한마디를 덧붙이는 정도는 그리 어려운 일이 아니었을 것이다. 그 결과 그들은 아주 쉽게 원하는 것을 얻을 수 있었고 우습게도 그렇게 얻은 이득을 다시 남을 위해 사용했다. 빼앗은 이도, 빼앗긴 이도 영문을 모른 채 그저 좋아라 할 뿐이었다. 그들은 함께 행복해졌다. 좋은 건 일단 나누고 보려는 그들의 습성상 악이 빠른

속도로 퍼져나간 것은 어쩌면 정해진 수순이었을 것이다.

어느새 젊은이들을 필두로 그 책을 끼고 다니는 이들이 기하급수적으로 늘어났고, 학구열이 뛰어난 몇몇은 악을 깊숙이 파고들기 시작했다. 그들은 그것을 온전히 이해하지 못하면서도 계속해서 사유하고 나름의 방식으로 체계를 만들어 살을 붙여나갔다. 점점 더 많은 이들이 악인을 흉내 내는 것을 보며 이상한 마음이 들었다. 『악의 기쁨』은 에스투스가 관찰한 내 행적의 기록과 다름없는데, 내가 평생을 고민하며 밟아온 그 고통의 길을 사람들은 아무렇지 않게 따라왔다. 그들에게 악은 '좋은 것'이었기에 악을 행할 때 마음의 일부를 대가로 내어놓을 필요가 없지 않았을까. 이 얼마나 편리한 사고방식인지.

악을 연구하는 사람들이 모여 다시 조그만 공동체를 이루고, 이내 눈덩이처럼 불어나더니 이제는 대부분의 공동체에서 다 함께 『악의 기쁨』을 읽었다. 환희와 찬사 속에, 책에는 '악의 경이로움'이라 하여 '악경'이라는 별칭이 붙었다. 저자인 에스투스는 인탈리엔에서 가장 바쁜 사람이 되었다. 그는 적당한 선에서 멈추는 법이 없었다. 무언가에 쫓기기라도 하는 사람처럼 끊임없이 악의 씨앗을 퍼뜨렸다. 공동체를 이끄는 선생들은 종종 에스투스를 찾아와 이해되지 않는 점에 대해 물었다. 책에 적혀 있지 않은 악에 대해서는 당연히 답을 알 리 없었으므로 에스투스는 다시 나에게 찾아왔다. 내가 인탈리엔의 상황을 어림짐작으로나마 알게 된 것이 이 때문이다. 나는 생각나는 대로 답했고, 에스투스는 토씨 하나 빼먹지 않고 기록하고는 만족스러운 얼굴로 돌아갔다. 그리고 개정판『악경』에 몇 줄이 늘어나는 식이었다. 집단은 이제 걷잡을 수 없이 불어나 모두가 악을 추앙하고 있었다. 나는 놀라지 않을 수 없었다.

나는 평생 악을 숨기는 데 급급했다. 내가 악을 드러낸 적이라고는 어린 날 에스투스에게 한 번, 그리고 노인의 환향식에서 한 번이 다였다. 나머지는 당하는 사람은커녕 행하는 나조차도 악이라고 인식하지 못하는 경우가 많았으므로. 그런데 평생 혼자 앓아왔던 것을 이제는 모두가 공유하고 있었다. 더 놀라운 점은 그들은 알아도 앓지 않는다는 것이었다.

처음의 우려와 달리 악으로 물들어가는 세상은 금세 익숙해졌다. 사실 내가 평생을 바라 마지않던 일이었다. 나는 전에 없이 강대해졌다. 수많은 사람들과 악을 공유하게 되었지만 그들은 여전히 악에 무지했다. 단지『악경』의 구절을 낭송하고 실천하며 즐거워할 뿐이었다. 따라서 진정으로 악한 생각을 할 수 있는 건 나뿐이었으며, 그로 인해 나는 전지했다. 악의 공동체는 무럭무럭 자라 전례 없는 거대한 집단을 만들었다. 그들은 에스투스를 위대한 스승으로 여기고 따랐으되, 에스투스는 나를 따랐으니 내 말 한마디를 듣기 위해 모두가 무릎을 꿇고 있었다. 나는 무엇이든 이룰 수 있었고, 고로 전능했다. 나는 세상을 바꾼 영웅이었지만 그것이 딱히 놀랍지는 않았다. 이미 에스투스의 펜을 멋대로 가져오고, 아무 거리낌 없이 그에게 호통을 지를 때부터 나는 전지하며 전능했기 때문이다. 그때와 달라진 것은 아무것도 없었다. 다만 세상이 바뀌었고, 나는 더 이상 외롭지 않았다.

물론 에스투스에게는 그 의미가 사뭇 다르게 다가왔음은 분명했다. 그에게 『악경』이란 그가 직접 만들었다기보단 나에게서 사사받은 것, 땅에서 솟아난 선물이나 다름없었다. 그는 책을 통해 인탈리엔과 이어짐으로써 새로운 공동체를 형성했고 다시금 '우리'에 속할 수 있었다. 동시에 나의 인정도 받아내었다. 책에 저술된 악의 깊이나 체계성은 나조차 놀라울 수준이었으므로. 그는 살면서 이토록 흥분되는 감정을 느껴본 적이 없었을 것이다. 가장 행복했을 시절이라고 자신할 수 있는 그의 유년기에, 행복은 이미 태생적으로 주어진 것이었으므로 그에게 새로운 만족감을 선사할 수는 없었을 테니까. 거기에 잃은 것보다 얻은 것에 집중하는 타고난 고귀한 성품이 더해져, 그가 느끼는 기쁨이란 나로서는 상상도 할 수 없는 수준이었을 것이다. 그는 언제나 그 책을 품에 끼고 다녔으며 식사할 때는 옆자리에, 잘 때는 머리맡에 두고 잔다고 했다. 그러고는 연신 내게 말하는 것이었다.

"말루스, 믿겨지나? 우리가 해낸 거야. 드디어 이것을 완성 해냈다니 믿을 수 없군. 이제 사람들은 모두 악을 노래하네. 인 탈리엔에는 새로운 기쁨이 자리 잡고 있어. 누구도 소외시키 지 않고 모두를 행복하게 만들 기쁨이!"

내게 대답을 바라고 하는 얘기는 아닐 터였다. 나는 그가 기 쁨을 충분히 만끽하도록 배려했다. 그는 이제 내 부하도, 저쪽 세계의 순진한 이방인도 아니었으므로. 그는 나의 악을 온전 히 이해하는 유일한 정신적 동료이자 영혼의 벗이었다. 이제 나는 이상향에 도착했고, 태어나 겪어본 적 없었던 완벽한 평 온의 상태에 놓였다. 내가 세상에 존재하는 이유가 이리도 명 확하게 체감되는 경험이란 황홀한 것이어서 전에 없이 마음이 풍족했다.

"에스투스, 요즘 나는 새로운 악을 배우느라 아주 정신이 없 다네. 새로운 생각, 새로운 관점, 새로운 단어와 행위들이 생겨 나고 있어. 절대다수인 그들은 나 혼자 꾹꾹 눌러가며 수십 년 을 생각해온 악 따위는 가볍게 뛰어넘어버렸지. 평생 나를 괴 롭히던 의문들이 하나둘 풀려가고 있어. 제일 마음에 드는 것 은 『말할 수 없는 사전』에 적힌 것들을 이제 대부분 표현할 수 있게 되었다는 거야. '괴롭다' '슬프다' '고독하다'와 같은 새로운 감정들이 속속들이 생겨나고 있네. 어찌나 반갑던지."

"하하, 자네가 이리 좋아하니 나도 기쁘네. 공들인 보람이 있어. 그런데 큰일이야. 이제 많은 사람들이 나에게 악이 무엇이냐고 물어오네. 그들에게 답을 주기 위해선 더 많이 공부해야해. 조금씩 나이가 드니 새로 무언가를 배우는 게 쉽지가 않아. 자네가 날 좀 도와주겠나?"

"그걸 말이라고 하나? 당연히 도와야지. 마침 나도 공부가 필요하겠다 생각하던 참이었네. 그럼 때때로 찾아오겠네. 하하, 옛날 생각이 나는군."

"그래, 정말 그렇군."

우리는 몇 번인가 만나 새로운 악에 대해 이야기했다. 새로 만들어진 개념들을 익히는 게 목적인지라 전처럼 본질을 파고드는 대화를 나누는 일은 잘 없었다. 실은 내가 의도적으로 피하기도 했다. 얘기를 하면 할수록 우리가 악에 대해 사뭇 다른 의견을 갖고 있다는 것을 눈치 챘기 때문이다. 그것은 작지만 분명한 목소리로, 다가올 균열을 예고하고 있었다. 하지만 그때의 나는 기쁨에 취한 나머지 사소한 어긋남을 애써 웃어 넘겼다. 그 작은 외면이 나중에 어떤 결과를 불러올지도 모른 채, 얼마간의 시간 동안 우리는 외줄을 타듯 아슬아슬한 평화를 누렸다.

✠

   수년이 흐르는 동안 에스투스와 만나는 일이 많이 줄었다. 그는 『악의 기쁨』의 저자이자 위대한 스승으로서 많은 이들의 존경을 받았다. 사람들은 그를 책에 등장하는 악의 창조자와 동일시하는 듯했으나 나는 크게 개의치 않았다. 평생 지독히도 나를 괴롭히던 고독에서 벗어난 기쁨이 컸던 탓이다. 이제 에스투스 없이도 살아갈 수 있었기에 나는 집 밖으로 나와 변해가는 세상과 사람들을 구경하며 유유히 시간을 보냈다.

✠

   그로부터 다시 십여 년이 흘러 우리는 황혼에 접어들었다. 느리게 흘러가는 나의 시간과는 별개로 악은 눈부시게 발전했다. 이제 인탈리엔에서 악은 당연한 것이 되었다. 그것의 옳고 그름과는 무관하게 세상은 비대해지고 비옥해졌다. 사람들은 악을 최우선의 가치로 떠받들며 살아갔다. 그들은 이제 높고 낮음을 구분했고, 다른 것 중 틀린 것을 골라낼 수 있게 되었다. 빈과 부, 남과 여, 유지와 발전, 공존과 대립의 개념이 생겨났다. 가장 큰 변화는 그들이 나와 남을 구분할 수 있게 되었다는 것이다.

과거 선생이라 불리던 자들 중 일부는 자신이 진정한 악을 깨달았다 떠들었고, 제 의견을 주장하지 못하는 여전히 선하기만 한 이들은 약자가 되었다. 새로운 인탈리엔에서는 세상을 움직이는 악의 원리를 이해한 자만이 약자들을 이끌어 더 높은 곳으로 나아갈 수 있었다. 『악경』은 세련되게 다듬어졌고, 고도로 발달한 악은 이제는 나조차 해석할 수 없을 정도로 방대한 세계를 품고 있었다.

그즈음 나는 불현듯 두려워졌다. 모두가 나쁜 생각을 할 수 있게 된 세상에서 사람들은 악을 행하는 데 망설임이 없었다. 하지만 그들의 태생은 선이었으므로 악을 충실히 행하는 자를 우러러 모두 함께 손잡고 어딘가로 떨어지고 있었다.

사람들은 열심히 거짓말을 했다. 그것은 선의의 거짓말로 받아들여졌다. 서로를 질투하고 시기했다. 이는 문명의 발전으로 이어졌다. 남의 것을 탐냈다. 누군가는 부자가 되어 행복한 일생을 살았다. 악을 행함으로써 사람들은 새로운 종류의 행복을 얻었고, 태생적으로 선한 그들은 잃은 것보다 얻은 것에 집중했다. 그리하여 그들에게는 악도 선, 선도 선이었다.

나는 혼란스러웠다. 나는 본래 악인이었다. 나의 세상은 내게 가까운 쪽과 나를 제외한 모든 이들에게 가까운 쪽으로 명확히 나뉘어 있었다. 그것이 내가 세상을 인식하는 방법이었고, 내가 발 딛고 있는 악의 세상에서 온전히 나로 존재할 수 있는 길이었다. 그런데 이제는 저 먼 세계의 주민들과 나의 경계가 외력에 의해 무너져 내렸다. 그들은 악에 무지하다는 측면에서 나보다 더 악했다. 나는 일찍이 악을 마음속으로만 삼키는 자연악과 밖으로 표출할 수 있는 행위악으로 나누고 그 경계를 스스로 그었다. 에스투스의 표현을 빌리자면 나는 악의 정복자였다. 그러나 이쪽 세계로 새로 이주한 그들, 인탈리엔인들은 무자비한 침입자였다. 그들의 악에는 선이 없었다. 악은 그들의 인식 범위를 넘어선 형이상학적인 무언가였다. 그들은 진정한 악을 이해할 수 없었기에 오직 행위함으로써 악을 인식했다. 잘못된 악이 표출된 뒤에는 이미 되돌릴 수 없었다. 그들은 무언가 잘못되어가고 있다고 느끼면서도 스스로 굴레를 빠져나오지 못했다.

그들은 더 이상 우리가 아니었다. "나를 위한 것이 곧 우리를 위한 것"이라 말하는 『악경』을 충실히 따른 결과이리라. 그것은 언젠가 내가 에스투스의 답답함을 견디지 못하고 뱉었던 말이었다. 하나 다른 점이 있다면 그들은 진심으로 저 말을 믿

는다는 것이다. 적어도 내게는 위 문장이 나의 이기심을 합리
화하려는 시도라는 자각이 있었다. 나를 위한 것은 말 그대로
나를 위한 것이다. 이기적인 행동으로 풍족해진 내가 남을 돕
는다 한들 그것은 이후에 일어나는 독립적인 사건일 뿐 이기
와 이타의 두 선택은 서로 다른 단계에서 이루어진다. 이 사실
을 저들이 알 리 없었다. 나만을 보며 살아가는 세상, 나의 악
을 공유한다는 사람들이 만든 세상은 내가 상상하던 모습과는
전혀 달랐다. 이곳에서는 그 누구도 진정으로 행복할 수 없을
것 같았다.

새로운 인탈리엔에서는 매일 새로운 비극이 탄생했다. 거
짓말에서 비롯된 사기, 협박, 무고의 죄가 가장 먼저 등장했고,
금전적 이익을 위한 횡령과 배임 등이 횡행했다. 그것으로는
부족했는지 보다 과격한 이들은 남의 것을 몰래 훔치거나 강
제로 빼앗기도 했다. 놀랍게도 내가 수확이라고 불렀던 행동
과 닮아 있었다. 그들에게 멈추는 법을 가르친 적이 없었기 때
문에 상황은 계속해서 나빠지기만 했다. 원래의 인탈리엔이
추구하던 가치들은 빛을 바랬고, 굳건하던 초목은 눈길 한 번
받지 못한 채로 빠르게 시들어갔다.

그들의 거악을 마주하고 나서야 나는 현실을 깨달았다. 그
들 앞에서 나는 하나도 특별할 것 없는, 오히려 보잘것없는 존

재였다. 모든 것에 통달한 척했던 건 나였다. 심적으로 궁지에 몰리니 생각나는 것은 한 사람뿐이었다. 그에게 도움을 청해야 하는 상황이 그리 달갑지 않았지만 세상이 망가지는 것을 두고만 볼 수는 없었다. 각오를 굳힌 나는 이제 나보다 더 커져 버린 오랜 친구, 에스투스를 찾아갔다.

Chapter. 4

세 번의 대화
두 가지 진실

세 번의 대화

"에스투스, 잘 지냈는가?"

"오, 위대하신 말루스. 이게 얼마 만인가! 친히 나를 찾아주다니 이거 영광이군 그래."

"그런 말 말게. 친구가 친구를 찾는 데 그런 말은 어울리지 않네."

"물론 자네는 나의 유일한 벗이지. 암 그렇고말고. 그래, 무슨 일로 나를 찾아왔는가?"

"음, 알고 있는지 모르겠지만 근래 세상 돌아가는 모양이 심상치 않네. 사람들의 행동이 도를 넘었어. 그들은 악을 위대한 정신의 새로운 모습처럼 여기는 모양이야.『악경』에 쓰여 있는 것들을 일말의 의심도 없이 전부 받아들이려는 어리석은 짓을 하고 있네. 그래서 책의 저자인 에스투스, 자네의 생각을 물어야 할 것 같아 이렇게 찾아왔다네."

"그렇군. 잘 왔네. 그런 문제라면 응당 자네와 내가 얘기를 나눠야지. 사실 그 책의 본래 주인은 자네가 아닌가? 진정한 악의 신과 나누는 담론이라니, 너무 오랜만이라 나도 조금 떨리는군."

"에스투스, 농담이 지나치네. 악신이라니. 그 책은 자네가 쓴 것이 아닌가."

"오, 말루스. 그게 어디 내 머릿속에서 나온 생각이겠는가. 있을 수 없는 일이지. 세상에서 유일하게 악을 떠올리고 창조해낸 것은 말루스 자네이지 않은가. 나같이 미천한 이가 홀로 그만한 위업을 이루다니 말도 안 되는 일이네. 나는 그저 자네의 말을 옮기는 사자일 뿐일세. 나는 그 사실을 한 번도 잊어본 적이 없다네."

"에스투스, 그건…… 다 지난 일이네. 철없던 시절의 애들 장난 같은 거였지. 이토록 많은 이들이 철부지의 장난을 따라 하는 세상이 옳다고 보는가? 『악의 기쁨』은 자네의 저작이었고, 또 아무도 관심 가질 리 없는 나의 망상 덩어리였기에 출간을 말리지 않았던 걸세. 이렇게까지 많은 사람들에게 읽힐 줄은 정말 몰랐네."

"그러니 기쁜 일이지. 이제 모두가 입을 모아 자네의 업적을 칭송한다네. 자네가 한 줌 모래와도 같던 나를 인간으로 변모시켰듯, 지금은 자네의 가르침이 『악경』으로 화해 사람들을 깨우치고 있는 것이네. 얼마나 기다려왔던 순간이란 말인가."

"오, 에스투스. 그렇지 않네. 나는 이런 세상을 바랐던 적이 없어. 악은 애초에 받아들여질 수 없었던 생각이고, 그저 나의 치부였을 뿐인데. 어째서 이런 일이⋯⋯."

"이보게, 친구. 이건 자랑스러운 일일세. 악을 따르는 이들에게 자네는 작금의 인탈리엔 그 자체와도 같은 존재가 아닌가. 그들은 이제 서로를 의심하고 이익을 좇을 수 있으며 자신을 위해 남을 희생시킬 줄 알게 되었네. 조금만 시간이 지나면 나약하고 무지한 자들은 더 이상 남지 않게 될 거야. 그런 자들은 자연히 도태되겠지. 그것이 악의 섭리니까."

"하지만, 에스투스. 그것이 정녕 옳은 일인가? 자네가 져버리자 말하는 이들은 우리의 가족과 친구, 동료들일세. 그들은 그저 자신보다 남을 위하고, 함께 잘 살아가기 위해 애쓰는 이들일 뿐이지 않은가."

"말루스, 자네가 나에게 가르쳤던 내용이 아닌가. 옳고 그름은 중요치 않네. 집중해야 할 것은 그것이 나에게 좋은 것인가의 문제지. 내가 더 하고 싶은 것, 내가 갖고 싶은 것, 내가 말하고 싶은 것을 따르라지 않았나. 그렇게 하지 못했기 때문에 어린 날의 내가 자네를 그리 답답하게 만들었던 게지. 이제 사람들은 자신을 위해 행동하네. 정확히는 자신을 위하는 것이 곧 남을 위하는 것이라 믿고 있지. 아주 익숙한 방식이 아닌가? 자네의 말을 그대로 책에 옮겼을 뿐이니 당연한 일이야."

"하지만, 에스투스. 그건 아직 악을 제대로 이해하지 못했던 시절의 실수였네. 아니, 엄밀히 말해 그때는 그것이 진실이었지. 세상에 존재하는 악인은 오직 나 혼자였고, 나를 제외한 모두는 서로를 위하고 있었기 때문에 나 하나 이기적으로 행동한다고 한들 달라질 게 없었어. 하지만 이제는 아닐세. 모두가 자신만을 위해 행동한다면 그건 파멸을 부를 뿐이야. 모든 이들이 각자의 악을 가진 개인이라면 남을 위하는 일은 의지를 가져야만 실행할 수 있는 일일 테니까. 이대로는 모두가 불행해지는 일밖에 남지 않았단 말일세."

"글쎄, 그건 조금 더 지켜보면 알게 되겠지. 그리고 상황은 이미 내 손을 떠났네. 사람들은 스스로 악을 원하고 있어. 내가 무슨 말을 한들 세상은 이미 바뀌어버렸다네. 말루스 자네는 『악경』의 진정한 주인이며, 이 세상을 덮은 위대한 그림자야. 나는 그대의 말을 충실히 전했으니 더 이상 바라는 게 없다네. 살펴 가시게."

✠

"에스투스, 소식 들었는가? 금일부로 인탈리엔이 공인한 마지막 씨앗 공동체가 문을 닫았다 하네. 있을 수 없는 일이야."

"그래, 그 건이라면 나도 전해 들었네. 안타까운 일이지. 하지만 문제 될 것은 없어. 고작 그 얘기를 하러 예까지 왔는가?"

"문제 될 게 없다니? 공동체는 인탈리엔을 이루는 근간이야. 특히 씨앗 공동체는 아이들이 세상을 향해 첫걸음을 떼는 중요한 장소가 아닌가."

"물론 알고 있네. 자네와 나도 그곳에서 처음 만났으니."

"그래, 에스투스. 우리는 그곳에서 처음 세상을 배웠지. 하지만 작금의 아이들에게는 갈 곳이 없어. 세상에 어떤 일이 벌어져도 어린 씨앗들을 포기하는 경우는 없네. 그들은 미래를 이끌어 나갈 희망이니까. 그런데 어째서 저들은 이 당연한 사실을 알지 못하냔 말이야."

"진정하게, 말루스. 나는 이해할 수가 없군. 공동체 없이도 그들은 문제없이 잘 해나가고 있어. 인탈리엔은 전보다 부강해졌고, 문명의 수준은 나날이 발전하고 있지. 대체 무엇이 문제인가?"

"그건 당장 보이는 모습일 뿐이야. 인간의 수명은 길어야 한 세기를 넘지 못하네. 우리의 시대는 이미 한참 전에 지났어. 당장은 형편이 나아질지 몰라도 고귀한 인탈리엔의 정신을 잃은 후대들이 주역이 될 미래는 어찌 되겠는가?"

"허허, 말루스 자네 많이 변했군. 자네 입에서 인탈리엔의 정신이니 희망이니 하는 얘기를 듣게 될 줄이야. 오래 살고 볼 일이군."

"이제 우리가 알던 인탈리엔의 모습은 어디서도 찾아볼 수가 없네. 아이는 어른을 존경하지 않고, 어른은 아이들을 지키지 않아. 무릇 아이들은 공동체를 통해 또래와 소통하고 선생에게 세상을 배우며 자라나야 하지. 어른이라는 존재는 이 공동체를 잘 가꾸어 씨앗들을 새싹으로, 새싹을 잎으로, 그리고 종래에는 커다란 나무로 키워낼 의무가 있어. 그렇게 어른이 된 나무들은 인탈리엔에 뿌리를 내리고 다시 세상의 풍파로부터 아이들을 지키겠지. 자네와 나도 그렇게 배우며 자라왔네. 하지만 부모들은 더 이상 자식을 공동체에 보내지 않아. 그들은 자신의 아이에게 오직 자신만을 돌보라 가르친다고 하네. 그것을 최우선 가치로 두면 나머지는 알아서 따라온다고 말이야. 그 결과 공동체는 와해되었고 사회의 질서가 붕괴하고 있어. 자네는 이 상황이 옳다고 보는가?"

"물론 그러네. 나를 우선시하는 게 뭐가 나쁘단 말인가? 일부 몰지각한 이들이 잘못된 선택을 하는 게 어찌 우리의 책임이겠나. 나는 자네에게 배운 것들을 충실히 전했다네. 토씨 하나 빼놓지 않고, 숨 쉬고 눈을 깜빡이는 찰나의 순간마저 아껴 가며 모든 것을 쏟아 부어 악을 옮겼단 말일세!"

에스투스는 다시 말을 꺼내기까지 한참을 들썩거렸다.

"후…… 미안하네. 잠시 흥분했군. 하지만 내 생각은 여전히 같아. 모든 진리는 『악경』에 쓰여 있었어. 모든 이들에게는 그것을 읽을 기회가 공평히 주어졌네. 자네도 나도 이제 사명을 다한 것이네. 나머지는 그들의 몫이야."

"그렇다고 상황을 이대로 내버려두자는 말인가?"

"그럼 우리가 뭘 어찌할 수 있겠나?"

"자네는 『악경』의 저자이지 않나. 책을 고쳐 쓰게. 사람들이 더는 잘못된 방향으로 향하지 않도록 우리가 바로잡는 거야. 내가 자네를 돕겠네."

"오, 말루스. 그럴 수는 없네. 『악경』은 그 자체로 완전한 것. 한낱 전달자인 내가 어떻게 이미 완성된 내용에 손을 댈 수 있겠나? 이미 늙고 쇠하여 진정한 악을 잃어버린 자네는 또한 어떻게 과거의 자네와 악을 논할 수 있겠나? 자네는 품고 있던 씨앗을 내게로 넘겼고, 나는 그것을 싹 틔워 인탈리엔에 심었을 뿐이네. 이제 악이라는 하나의 세계는 우리가 통제할 수 없는 이 땅의 깊은 곳까지 뿌리내렸고, 우리가 더 할 수 있는 일은 없다네."

✠

"친애하는 에스투스, 이제 그만 멈추게. 자네는 악을 완전히 오해하고 있어. 나는 이런 상황을 원했던 게 아니야."

"오, 불쌍한 말루스. 지금 무슨 소리를 하는 겐가. 이것이 진정 자네가 바라왔던 세상의 모습이네. 내가 자네를 통해 훔쳐보았던 낙원이 이 땅에 도래한 거야. 나는 자네의 대리자로서 충실히 주어진 역할을 수행했을 뿐이라네. 기꺼운 일이 아닌가?"

"아니, 아니야. 나는 그저 자네가 자신을 위해 살기를 바라는 마음에 조언했을 뿐, 이렇게 엉망진창인 세상을 만들라 종용하지 않았어. 자네와 저 밖의 이들은 모두 내 말을 오해하고 있네. 오히려 모두가 악에 대해 모르고 있던 그때가 더 낙원에 가까운 모습이었다는 것을 알아야 해."

"하하하, 역시 자네는 내 친구 말루스가 맞군. 자네는 하나도 변하지 않았어. 그게 날 위한 거였다고? 오, 말루스. 안타깝게도 이제 나 역시 진실과 거짓을 구분하는 귀를 갖게 되었다네.

그때 자네의 조언들은 나를 위한 게 아니었어. 자네의 죄책감을 덜기 위한 수단이었거나 혹은 아무것도 모르는 나를 상대로 일종의 선의를 베푼 것이겠지. 나 같은 인간은 절대 닿을 수 없는 저 높은 악의 꼭대기에서 날 내려다보면서 말이야."

"오, 에스투스. 나는……."

"걱정 말게, 말루스. 자네를 탓하는 것이 아니야. 그때 자네의 마음이 어땠을지 지금은 충분히 공감하고 있네. 답답하고, 무지하고, 빈 껍데기 같던 인간들이 『악경』을 통해 새로 태어나는 모습을 보고 있자면 더할 나위 없는 환희를 느끼곤 한다네. 자네 역시 그런 마음이었겠지. 악을 깨달은 자와 그렇지 못한 자 사이에는 그만큼 큰 간격이 존재해. 나는 자네에게 감사하고 있어. 그리고 이제는 내가 받은 것을 다시 전달해야 할 차례가 왔을 뿐이네. 받았으면 베푸는 것, 그것이 자네가 내게서 발견했던 선이라는 것이 아닌가?"

"오, 나의 벗 에스투스. 이 불쌍한 친구야…… 어쩌다 이렇게까지 변해버렸는가."

"불쌍한 에스투스라, 하! 그렇지. 나는 자네의 불쌍한 친구 에스투스라네. 그러나 말루스, 자네가 그 유약한 에스투스를 바꾸어놓았지. 이제 세상은 나를 위대한 구도자라 칭한다네. 악을 전하기 위해 이 땅에 내려온 검은 태양이라고도 하더군.

그에 비해 자네는 어떤가? 자네는 여전히 그대로야. 나만이 진리를 깨우쳤고 모든 어리석은 이들은 내 말을 따라야 한다는 오만함. 나보다는 남을 바꾸려드는 편협함. 남의 것을 빼앗고 내가 가진 것은 내놓지 않으려는 이기심. 악이 만연한 덕분에 이 모든 것들을 표현할 말이 생겼으니 참으로 황홀한 일이야. 오해하지 말게. 나는 자네의 그런 면까지도 사랑했네. 자네는 예나 지금이나 똑같지만 안타깝게도 중요한 한 가지를 잃어버린 것 같아. 온전히 악을 받아들이는 순종적인 마음 말이야. 나는 늘 자네의 그런 부분이 염려됐다네. 왜 나를 가르쳤는가? 세상의 유일한 악이라는 축복을 받고도 왜 그늘에 숨어 살았지? 이제 와 꽁꽁 숨겨두었던 속내를 밖으로 드러내다니 참으로 공교로운 일일세. 자네도 연약한 속살을 가진 인간이라는 것을 몰랐던 덕분에 나는 악의 결정체였던 자네에게 진실한 가르침을 얻을 수 있었으니. 그 시절의 자네는 참 악해 보였는데 말이야. 말루스, 나의 절친한 벗, 나의 스승, 나의 전부였던 악의 화신이여! 눈을 뜨고 세상을 똑바로 바라보게. 이제는 발톱이 돋아난 양들의 시대일세. 이가 뽑혀 쇠약해진 늑대에게 순순히 목을 내어줄 양은 어디에도 없다네.”

에스투스는 완고했다. 또한 그의 말은 모두 사실이었다. 에스투스를 처음 울렸던 열일곱의 나는 죄책감을 덜기 위해 그를 도왔고, 그러면서도 내심 우월감을 느꼈었다. 그가 공책에 내 말들을 받아 적은들 순진한 인탈리엔의 주민인 그가 진정으로 악을 이해할 일은 없을 거라고 자만했다. 이제 와 후회에 잠긴들 무엇을 바꿀 수 있을까. 수십 년의 세월이 흘렀어도 나는 여전히 혼자였다.

에스투스와 세 번의 만남을 가지는 동안 나조차 감당할 수 없는 거친 악의 흐름이 세상을 휩쓸었다. 한쪽으로 흐르기 시작한 물결은 걷잡을 수 없었고, 파도의 중심에는 그가 있었다. 망가져가는 인탈리엔을 보며 나는 내 죄의 무게를 실감했다. 나는 이들에게 대체 무엇을 물려준 것인가. 사람들을 설득해보려 애썼지만 그들은 나의 가르침대로 나를 의심하고 배척했다. 나는 길을 잃은 아이와도 같았다. 이럴 땐 어떻게 해야 했더라? 문득 지혜롭고 아름다웠던 한 노인의 얼굴이 떠올랐다.

"얘야, 머리가 복잡할 땐 잠시 발을 멈추고 하늘을 올려다보렴. 우리는 우리가 살고 있는 세상을 보다 낮은 곳에서 바라보고 있단다. 이 경이로운 자연은 인간의 세상보다 몇 차원은 더 복잡하게 얽혀 있고 우리는 그 부분에 경의를 품는 거겠지. 우리는, 인탈리엔의 모든 이들은 그저 한곳으로 나아가기 위해 걷는단다. 하나의 공통된 목적을 향해 함께 간다는 건 참으로 영광스러운 일이지. 말루스, 너는 그저 남들보다 하나 더 많은 차원을 가진 것뿐이란다. 어떤 위대한 의지가 너에게 특별한 사명을 내린 것일지도 몰라. 외로울 것이다. 세상에 너를 이해할 수 있는 이들이 많지 않을 테니. 어쩌면 너의 생이 복잡하게 꼬여 있다고 느낄지도 모른다. 하지만 이 할애비는 네가 그 엉킨 매듭을 훌륭하게 잘라낼 거라고 믿고 있다. 너는 세상을 바꿀 아이야. 그리고 네가 만들 세상은 분명 지금의 인탈리엔보다 더 아름다운 모습일 게야. 그곳에 도착한다면 내게도 꼭 이야기를 들려주려무나."

어렸던 나는 고개를 갸웃거리고 말았지만 그의 눈에 담긴 사랑만큼은 확실히 느꼈다. 그 위로가 너무 따뜻해서, 나는 그만 믿어버리고 말았다. 내가 언젠가는 대단한 사람이 될 거라 믿고 그 순진함으로 내 선택에 실린 무게를 열심히 덜어내왔다. 하지만 덜어낸 선택들은 사라지지 않고 어딘가에 쌓여 있었던 모양이다. 그것들은 긴 시간이 흐른 지금 이렇게 커다란 업보로 돌아오고 말았다. 모든 것이 틀어져버린 지금에야 나는 하늘을 바라본다. 악에 물들어가고 있는 세상은 마치 나를 비웃기라도 하듯 거대하게 엉켜 있다. 도저히 나 혼자 어찌해볼 엄두가 나지 않았다. 노인의 말대로 내가 그렇게 위대한 존재였다면 애초에 일이 이렇게 되도록 방치했을 리 없다. 나는 그저 불순물, 인과의 실에 끈적하게 들러붙어 세상을 엉키게 만드는 게 전부인 돌연변이었다.

이후로도 몇 번이나 에스투스를 찾아갔지만 소용없었다. 오히려 이제는 내가 그에게 악을 배우는 처지가 되었다.

두 가지 진실

"말루스, 또 자네인가? 요새 자주 보는군. 전에는 항상 내가 찾아가는 입장이었는데 말이야."

"부디 쫓아내지 말게. 오늘은 그저 이야기를 하러 왔네. 자네 책에 이해가 되지 않는 부분이 있어서 말이야. '악은 특별한 무언가가 아니다. 악하고자 한다면 언제나 그럴 수 있다. 하지만 누구도 그럴 수 없다'는 문장인데. 다른 부분과 잘 연결되지 않고 겉도는 느낌이 들더군. 한 수 가르쳐주겠나?"

"음, 미안하지만 대답해줄 수 없겠군. 그 부분만큼은 나도 모른다네. 내가 쓴 것이 아니니까."

"자네가 쓴 게 아니라니?"

"말 그대로일세. 그 부분은 내가 작성한 것이 아니야. 나의 스승, 자네의 조부께서 남기신 구절을 그대로 옮긴 것이지. 솔직히 나는 의미를 잘 이해할 수 없었지만 존경하는 스승의 자취를 남기고 싶었던 욕심이었어. 자네가 그것을 알아볼 수 있을지 어떨지 궁금했네만 자네는 관심이 없더군. 말루스, 이 친구야. 한참 늦었네. 스승님이 살아 계실 때 물었어야지. 이제와 찾은들 무엇이 달라지는가?"

에스투스는 반듯이 접힌 종이 하나를 내게 내밀었다. 노인의 필체였다. 나는 고개를 번쩍 들어 에스투스를 쏘아 보았으나 그는 담담히 받아내었다. 나는 미약하게 떨리는 손으로 그것을 펼쳐 보았다.

나는 평생을 인탈리엔의 일부로 살아왔다. 공동체에 속해 사람들과 기쁨을 나누며 안정된 삶을 꾸리는 데 만족했다. 아주 행복한 삶이었다. 삶의 모든 부분이 축복이고 영광이었으나, 그중에서도 특별히 감사한 일을 꼽자면 내게 아주 반짝이는 씨앗을 돌볼 기회가 주어졌다는 것이다. 말루스, 나의 보물. 내가 해준 것이 많지 않음에도 너무도 훌륭하게 자라주었다. 내 역할은 여기까지다. 그 사랑스러운 아이는 일찍이 인탈리엔에 한 번도 뿌리내린 적 없었던 특별한 나무가 될 것이다.

"에스투스, 이건…….."

"스승님께서는 본인의 마지막을 어느 정도 예상하고 계셨네. 이제는 정말 말루스를 보셔야지 않겠냐고 물었지만, 자네가 스스로 방문을 열고 나올 때까지 기다리자 하시더군. 그는 자네가 결국 옳은 선택을 할 거라고 하셨네."

노인 얘기가 나오자 에스투스의 분위기가 한결 누그러진 것 같았다. 나는 할 말을 고르지 못하고 한참을 침묵했다. 처음으로 노인이 내게 등을 보였던 그날이 떠올랐다. 그는 마지막까지도 먼저 내 방문을 열지 않았으므로 나는 어떤 감사도, 용서도 전하지 못하고 그를 떠나보내야 했다. 그것이 혹시 나에 대한 실망의 표현일지도 모른다고 생각했었다. 하지만 그는 마지막까지 나를 믿고 있었던 것뿐이었다. 사실 당연한 일이다. 그는 한 번도 나를 놓았던 적이 없었으니까. 내 유일한 가족인 그의 손을 놓아버렸던 것은 언제나 내 쪽이었다.

내 선택의 결과로 망가져버린 인탈리엔을 그가 보았다면 뭐라고 했을까. 그럼에도 그는 여전히 나를 자랑스럽게 여겼을까. 노인을 생각하면 온통 답답하고 죄스러운 감정뿐이었다.

'옳은 선택이라…….'

잔뜩 엉켜 있는 매듭에 손댈 엄두를 내지 못하고, 이번에도 나는 현실로부터 등을 돌렸다.

내가 세상으로부터 도망쳐 에스투스에게 매달리고 있는 사이, 저 밖의 악은 계속해서 덩치를 불려나가고 있었다. 그리고 마침내 올 것이 오고야 말았다.

마지막으로 에스투스를 찾아갔던 날로부터 얼마 후, 신문일 면에 사과 농장의 운영 문제를 두고 친구 둘이 다툰 끝에 한 사람이 목숨을 잃었다는 소식이 실렸다. 가벼운 몸싸움을 벌이는 도중 한쪽이 친구를 밀쳤고, 넘어진 이는 머리를 잘못 부딪쳤다고 했다. 쓰러진 친구는 움직이지 않았고, 잠시간 그를 살리려 노력했던 친구도 상황을 깨닫고는 그 자리에 멈춰버렸다. 그렇게 가만히 못 박혀버린 둘을 이웃 사람들이 발견했다고 한다. 당사자인 둘과 그들을 둘러싼 수많은 이들 중 그 상황을 제대로 이해할 수 있는 사람은 아무도 없었다.

나는 탄식했다. 세상은 어디까지 망가져버린 것인가. 나는 어떻게 해야 하지? 약해빠진 내가 이제 와 무얼 선택할 수 있는가? 고민은 길지 않았고 결국 답은 정해져 있었다. 나는 마지막이라는 생각으로 에스투스에게 향했다. 그리고 우리의 이야기는 그것으로 끝이었다.

"에스투스, 이제는 정말 멈춰야 하네. 내 이렇게 부탁함세. 저들의 악에는 끝이라는 게 없는 것 같아. 자네, '살인'이라는 말을 들어본 적이 있는가? 사람이 사람을 죽이는 일 따위 상상이나 해본 적이 있느냔 말일세! 막아야 하네. 오직 자네만이 할 수 있는 일이야."

놀란 마음에 달려오기는 했으나 사실 큰 기대는 없었다. 에스투스가 내 말을 듣지 않게 된 지 오래였기 때문이다. 그러나 예상과 달리 나를 바라보는 에스투스의 눈동자가 심히 떨렸다.

"아…… 그걸 살인이라고 하는가? 이제야 알게 되었어. 그때 내가 한 일을 그렇게 부르는 거였군."

"그게, 그게 무슨 소린가 에스투스? 자네가 살인이라니, 지금 무슨 말을 하는 게야."

그의 침묵이 불러온 잠깐의 고요는 무척이나 참기 어려웠다. 기시감. 나는 일전에도 이런 순간을 맞닥뜨린 적이 있었다. 나 혼자서는 도저히 어찌할 수 없는 거대한 무력감에 짓눌렸던 그날, 노인의 서재에서 엎드린 등을 마주했던 그때의 서늘함이 나를 덮쳐왔다. 두 눈이 에스투스의 입에 고정되어 떨어질 줄 몰랐다. 이대로 영영 그의 입술이 열리지 않기를 바랐건만, 진실은 우리의 의사 따위와는 무관하게 꼭 필요한 순간에 그 모습을 드러내고야 말았다.

"자네, 악의 씨앗이란 사건을 기억하는가?"

"그럼, 당연하지. 자네가 인탈리엔의 영웅으로 등극한 사건이자 세상이 이리 망가져버린 시작점이 아닌가."

"그래, 그랬지. 오래도록 말하고 싶었다네. 말루스, 내 친구. 그때 씨앗 공동체에 불을 놓은 것이 바로 나일세."

"뭐? 지금…… 뭐라고 했는가?"

"들은 대로일세. 그때의 화재는 내가 만든 거야. 물론 직접 불을 붙인 것은 아니지만. 그 아이들에게 선생이 감기에 걸렸다고 전해준 게 누구였을까? 그 감기가 추운 날씨 때문이라고, 몸을 따뜻하게 하는 게 중요하다고 말해준 것은? 건물 옆에 마침 알맞은 장작더미와 불쏘시개가 놓여 있던 것이 과연 우연이었을까? 아니, 애초에 선생은, 감기에 걸렸던 것이 맞았을까? 정말…… 오랜 시간 참아왔다네. 이 말을 너무도 꺼내고 싶었어. 자, 말루스. 대답해보게. 이 모든 기막힌 우연이 정말 우연히 일어난 일인 것 같은가?"

입이 떨어지지 않았다. 힘주어 노력해보아도 어, 어, 하는 신음만 흘러나왔다. 에스투스의 말이 머리로 전달되지 않고 귀를 스쳐 지나갔다. 선명하고 분명한 목소리. 나는 분명 에스투스의 고해를 해석했다. 하지만 그 무엇도 제대로 이해되지 않았다. 간신히 쥐어짜낸 것은 대답이 아닌 질문이었다.

"……왜?"

"왜? 글쎄, 어떤 부분을 묻는 건지 모르겠군. 왜 불을 택했냐는 뜻인가?"

"이……!"

나는 그의 멱살을 휘어잡았다. 서로의 발이 엉키며 우리는 커다란 의자 위로, 그리고 다시 바닥으로 널브러졌다. 탁자에 머리를 부딪칠 뻔했지만 잡은 손에 힘을 풀지 않았다. 그 역시 눈 하나 꿈쩍하지 않았다.

"왜! 왜 그런 짓을 했느냔 말이다! 왜! 대답해, 에스투스!"

그는 대답하지 않았다. 대신 힘겹게 입꼬리를 말아 올리며 나를 빤히 쳐다봤다. 내 눈을 똑바로 들여다보며 내 가슴속을 틀어막고 있는 거무튀튀한 무언가에 화르륵 불을 붙였다. 나는 그만 "으아악!" 소리를 지르며 에스투스의 얼굴에 주먹을 내질렀다. 홱 돌아간 고개. 그의 몸에 손을 대는 것은 열일곱의 그날 이후 처음이었다. 숨을 한 번 크게 내쉰 에스투스는 툭툭 털고 일어나 의자에 깊이 몸을 묻었다.

"글쎄 왜일까……. 그야 당연히, 세상에 악을 전하기 위함이 아니었겠나. 열심히 『악의 기쁨』을 썼고, 죽어라 노력했건만 사람들은 거들떠도 보지 않았지. 더 강렬한 계기가 필요했어. 기존의 틀을 깨고 새로운 것을 머리에 박아 넣으려면 충격을 주는 게 제일이거든. 방금 자네가 나에게 준 그것처럼 말이야. 아아, 그리운 공동체 시절이 떠오르는군. 모든 것의 시작이었던 그때가. 기억나는가 말루스?"

"……."

기억난다. 당연히 기억하고 있다. 그때도 나는 에스투스를 때렸고, 그날 이후 나는 그의 하늘이 되었다. 많은 시간을 함께하며 친구가 되었다 생각했거늘, 그것은 나의 착각일 뿐이었다. 에스투스가 그동안 나를 어떻게 생각해왔는지는 모를 일이지만 적어도 나는 그를 동등한 사람으로 바라본 적이 없었음을 깨달았다. 언제나 저 높은 곳에서 그를 내려다보고 있었음을, 그리고 최후의 상황에는 끝내 그를 무력으로 짓밟을 여지를 남겨두고 있었음을, 그리해도 내가 안전하리라 확신하고 있었음을 알았다. 나의 유일한 벗, 에스투스. 나의 충실한 종, 에스투스. 그를 이렇게 만든 것은 일말의 여지도 없이 바로 나였다.

"그래, 기억해주니 고맙네. 그때의 나는 그게 최선이라고 생각했어. 어떻게 하면 사람들에게 가장 큰 아픔을 줄 수 있을까, 그 아픔을 딛기 위해 악을 이용하게 하려면 어떻게 해야 할까.

고민의 결과, 아이들을 이용하는 편이 가장 효과적이라고 판단했네. 그리고 '불' 말일세, 내가 어떻게 그런 생각을 해냈을 것 같은가? 자네가 건네준 『말할 수 없는 사전』에 나와 있더군. 먼 옛날 자네가 만들어냈던 거대한 불길에 대해서 말이야. 우리의 공동체와 숲을 집어삼켰던 순수한 악의 결정체. 그걸 보고 깨달았지. 인탈리엔 전체에 악을 퍼뜨리기 위해서는 이 방법뿐이겠구나. 모든 것을 불사르고 새로 시작하자. 나는 언제나 그랬듯 자네의 가르침을 따랐을 뿐이라네. 하하, 어떤가 말루스. 그것은 내가 일평생 품어온 악 중 가장 거대한 것이었네. 덕분에 나는 그날 이후 제대로 잠을 자본 적이 없어. 결국은 이렇게 완전히 망가졌지. 자네가 어떤 세상에서 살아왔는지를 고스란히 느끼며 여기까지 왔다네. 그리하여, 자네를 구할 수 있어서 참으로 다행이었네."

나는 그의 맞은편에 허물어지듯 주저앉았다. 머릿속을 떠다니는 수많은 의문 중 무엇을 먼저 꺼내야 할지 알 수 없었다. 이제는 어떤 말도 내뱉기 두려웠다. 그 작은 욕심이 또 어떤 화를 불러올지 몰랐으므로. 그럼에도 입술을 비집고 삐져나온 것은 지독하게도 나다운 물음이었다.

"나를 구하다니, 그게 무슨 뜻인가?"

"말루스, 그동안 행복하지 않았는가? 자네의 악을 추종하고, 자네와 같은 생각을 하는 사람들 틈에서 사는 동안 말이야. 아주 오래전, 나는 자네가 영광된 인탈리엔의 세계로 넘어오길 바랐다네. 그래서 악을 배운다는 명목으로 자네 곁에 머물렀지. 물론 악이 궁금했던 것도 사실이야. 내가 거짓말에 서툴다는 건 잘 알지 않은가? 아무튼, 자네와 시간을 보내며 자네가 우리의 세계로 넘어오길 기다렸어. 언젠가는 내 진심을 알아줄 거라고, 혹은 고통 받다 못해 제풀에 지쳐 악을 포기할 거라고 믿었네. 그것을 돕기 위해 책도 썼지. 『우리의 기쁨』, 『공동체의 기쁨』, 『세계의 기쁨』. 자네가 그 아름답고 따스한 것들에 눈을 돌리기를 바라는 마음으로. 그것은 나의 스승, 자네 할아버지의 오랜 바람이기도 했어. 하지만 안타깝게도, 자네는 내 책에 전혀 관심을 갖지 않더군. 분명 우리는 선과 악에 대해 논하고 있었음에도 자네는 언제나 악한 것만을 바라보고 있었어. 지독히도 악을 사랑하는 것 같았지. 스승님이 돌아가신 후 완전히 망가져버린 자네를 바라보며 생각했네. '아, 그를 바꾸는 것보다는 세계를 바꾸는 게 빠르겠구나.' 그때 결심했지. 자네를 이쪽으로 데려올 수 없다면 모두를 그쪽으로 보내주겠노라고. 세상을 악으로 이끌어 자네가 혼자 있지 않아도 되는 새로운 인탈리엔을 만들겠노라고 말이야. 보다시피 결과적으로는 성공했네. 이제 세상은 악으로 물들었고, 자네는 더 이상 혼자가 아니야. 자네의 충실한 종, 악의 사도 에스투스가 여기에 오기까지 얼마나 힘들었는지는 내 굳이 떠들지 않겠네. 나는 이것으로 만족하네. 말루스, 나를 이해하라고는 하지 않겠네. 다만 한 가지, 이 모든 건 자네를 위한 거였어. 이 에스투스는 일평생 자네만을 위한 삶을 살았다네. 그러니 부디 이제는 행복하게. 항상 아픈 표정을 짓고 있던 자네의 웃는 모습 한 번을 보려고 여태 이렇게 달려왔군. 이제는 좀, 쉬어야겠어. 조심히 돌아가게.”

　말을 마친 에스투스는 한 번도 본 적 없는 표정을 하고 있었다. 나는 침묵했다. 더 이상 그를 다그칠 명분도, 용서를 구할 뻔뻔함도 없었다. 어린 시절 내가 만들어냈던 불타는 숲을 떠올렸다. 그건 분명 내 손으로 직접 만든 풍경이었고, 내가 책임 졌어야 할 일이었다. 내가 그것으로부터 눈을 돌려버렸기 때문에 내 마음속에는 미처 끄지 못한 불씨가 남아 있었던 모양이다. 그리고 그 불씨는 오랜 세월을 살아남아 에스투스에게 옮겨갔다. 그 결과가 이것이다.

　항상 내 뒤에 서 있던 그가 이제는 나를 향해 등을 보였다. 그때 에스투스를 잡았어야만 했다. 그 힘없는 등이 지금까지도 이리 사무칠 줄 알았더라면. 나는 마지막의 마지막까지도 겨우 그 한 걸음을 내딛지 못했다.

✠

　얼마 후 에스투스가 스스로 목숨을 끊었다는 소식이 들렸다. 온 인탈리엔이 충격에 빠졌고, 위대한 악의 스승이었던 그를 추모했다. 세상에서 처음, 자신의 의지로 사람을 죽였던 위대한 악 에스투스는 스스로를 죽이는 방법까지도 알고 있었던 모양이다. 내 안의 무언가가 마침내 산산이 부서지는 소리를 들었다. 나는 처음부터 끝까지 에스투스의 그 무엇도 알지 못했다. 세상에서 가장 위대한 선과 가장 위대한 악이 모두 그에게 있었다. 나는 그 무엇도 스스로 선택하지 못한 채 악에 끌려다니기만 했을 뿐, 그를 미숙한 악으로 끌어들여 일단 시작은 했으나 마무리를 짓는 건 내 몫이 아니었다.

　그걸로 끝이었다. 평생을 발버둥 친 결과가 이것이다. 나의 작은 말뚝은 뽑혔고, 나는 저항하지 않고 닻을 끌어 올렸다. 더 이상 아무런 생각도 들지 않았다. 나는 순순히 세상의 끝, 그 너머로 추락했다. 시간이 얼마나 흘렀을까. 나는 끊임없이 가라앉고 있었다. 처음에는 잠깐 두려웠으나 이내 바닥이 없음을 깨닫고 힘을 풀었다. 더 이상 피 흘리며 발버둥 칠 필요가 없었다. 진즉에 놓아버릴 것을. 나는 영원하고 무한한 바다로, 나의 고향인 악의 품으로 깊이 파고들었다.

Chapter. 5

대화록
회고록
악의 5문답
부록

대화록

그가 떠난 뒤로 십여 년쯤 흘렀을까. 세상은 이미 악으로 가득했고 그 속에서 나는 하나도 특별할 것 없는 사람이었다. 나는 늙었고 세상은 전보다 젊어진 것 같았다. 우습게도 나의 구시대적인 사고방식, 최초의 악은 더 이상 악으로 취급받지도 못했다. 나는 그것을 뒤집으려는 어떠한 노력도 하지 않았다. 에스투스가 떠난 이후 나는 살아 있지 않았다. 아무것도 판단하지 않고 그 무엇도 선택하지 않았다. 사람이 사는 세상에서 멀리 떨어진 바닷속 어딘가, 그 밑바닥에 가라앉은 물고기의 뼈나 조개껍질 따위와 나란히 존재했다. 그곳은 아주 평화롭고 안락했다.

나는 평생을 한집에서 살아왔다. 정신적으로는 물론 육체적으로도 이곳에서 한 발자국도 벗어나지 않았다. 언젠가는 이 아담한 집에 세 사람이 들어찬 시절도 있었는데 그중 제일 못난 존재만이 마지막까지 남게 되었다. 나는 염치없게도 계속 이곳에 머물렀다. 이곳에 있어야만 온전히 안락한 고통을 누릴 수 있었기에 도리가 없었다.

성숙하지 못한 정신의 몫만큼 배로 늙어버린 나의 몸뚱이를 핑계 삼아 노인이 생전에 즐겨 앉았던 흔들의자에 몸을 뉘었다. 그러고는 어린 날의 평온했던 한때를 떠올렸다. 가끔 손발이 차게 느껴질 때면 나보다 더 오래된 석재 난로에 이것저것을 집어넣고 타는 소리를 들었다. 시간을 죽이는 일에는 불을 보는 게 제격이었다.

✠

나의 사랑하는 노인이 생전에 사용했고 이후로는 유일한 벗 에스투스가 머물렀던 그 서재에 발을 들인 것은 그로부터 꽤 오랜 시간이 지난 후였다. 아주 우연히, 혹은 무언가에 이끌리듯 낡은 원목 책상에 딸린 서랍을 열었다. 그리고 맨 아래 칸에서 두툼한 종이 뭉치 하나를 발견했다. 노랗게 바랜 귀퉁이가 이곳에서 버틴 세월의 무게를 증명하고 있었다. 그것은 에스투스가 그의 저서인 기쁨 3부작을 중심으로 노인과 나눈 대화의 기록이었다. 구태여 문서로 남겼다는 것은 필시 누군가에게 전하려 했다는 뜻이다. 그 대상이 나였음은 쉬이 짐작할 수 있었다.

에스투스, 이 훌륭한 기록광은 언제나 듣고 있었다. 나에게서도, 노인에게서도 필사적으로 배울 점을 찾으려 했었다. 나는 매순간 그를 가르치려 들었지만 정작 배워야 할 사람은 나였다. 내가 그토록 갈구하면서도 줄곧 외면했던 이 세계의 비밀이 겨우 한 뭉치의 종이 속에 있었다. 그들은 스스로의 의지로 세상과 마주하고 있었다. 그리고 노인의 서재에 들어가기를 망설였던 나, 그들의 유대에 동참하고 싶었지만 그 마음을 애써 부정했던 내가 있었다. 무얼 그리도 두려워했던가. 이렇게 오랜 시간이 흘러서야 비로소 나는 그들의 세계에 온몸으로 내던져졌다.

기쁨이란 우리가 느끼는 가장 위대한 감정이다. 달리 흐뭇하고 즐거운 마음이라 풀어쓸 수 있다. 인탈리엔에서 태어난 그 순간부터 우리 마음속에는 기쁨이 가득하다. 그럼에도 살아가며 기쁜 일은 계속해서 일어나고, 이미 가득 차 갈 곳이 없어진 기쁨은 흘러넘친다. 넘친 기쁨은 다시 주위를 채우고 그러고도 남으면 땅으로 스며들어 인탈리엔의 품으로 돌아간다. 그리고 다시 새로운 씨앗에게 전달된다. 그러니 기쁨이야 말로 우리의 시작과 끝이라 할 수 있다. 아, 이 얼마나 기쁜 일인지!

　우리가 서로를 대할 때 가장 중요하게 여기는 가치는 '무조건적 수용'이다. 상대가 어떤 사람인지는 상대가 말하는 그대로 받아들여야 한다는 뜻이다. 이는 배움을 통해 얻게 되는 자세가 아닌 천성적으로 타고나는 기질로서, 우리가 우리로 존재할 수 있는 근간이 된다. 우리는 상대를 판단하지 않는다. 특별히 안온한 분위기를 만들기 위해 노력하는 것도 아니다. 다만 자연스럽게, 완전히 자유로운 상태에 놓여 관용과 이해를 만끽하며, 수용과 온기 속에서 마음을 가감 없이 꺼내놓는다. 그리하여 내 앞에 있는 상대와 그가 바라보는 세계를 이해함으로써 서로가 온전히 이어지는 기쁨을 맛본다. 누군가의 세계가 내가 바라보는 세계와 같은 모습일 것을 믿어 의심치 않는다. 이는 인탈리엔의 모든 이들이 가진 보편적 사고방식이다.

　　　　　　　　　　　　— 에스투스 저, 『우리의 기쁨』 중

"스승님, 제가 알기로 인류 탄생 이래 이 법칙은 무결하게 지속되어 왔습니다. 적어도 말루스가 존재하기 전까지는요. 그는 '믿지 않는 법'을 알고 있습니다. 상대가 말하는 것과 다른 방식으로 대상을 바라볼 수 있는 것 같아요. 동시에 '믿게 하는 법'도 쥐고 있는데, 내가 지닌 것이 아닌 지니고 싶은 것을 표현해 상대의 믿음을 바탕으로 그것을 실체화시키는 굉장한 힘입니다. 어떻게 그런 일이 가능한 건지 저는 여전히 이해하지 못했습니다."

"나 또한 말루스가 가진 것을 잘 이해하지 못한단다. 다만 하나 알고 있는 것은 우리가 태어나면서부터 수용하는 힘을 부여받았듯, 말루스는 수용하지 않는 힘을, 즉 선택하는 힘을 타고났다는 것이다."

"말루스는 선택하는 자, 우리는 받아들이는 자의 숙명을 타고 났다고요."

"그래. 우리는 늘 하던 대로 그저 받아들이면 된다. 그 아이가 이미 가진 것에 있어 '왜'는 아주 작은 부분일 뿐이야. 중요한 건 그것을 '어떻게' 사용할 것인가의 문제지."

"하지만 스승님, 말루스는 여전히 헤매고 있는 것 같습니다. 대체 무엇을 선택하려는 건지, 그게 어떤 결과를 불러올지 모르는 일이에요. 우리가 그의 선택을 도울 수는 없을까요?"

“물론 의견을 보태는 것 정도는 우리도 할 수 있겠지. 하지만 그걸 받아들이는가 마는가의 문제는 온전히 말루스의 결정에 달려 있단다.”

“어려운 일입니다. 어쩌면 우리는 받아들이는 자의 역할에 안주해 책임을 미룬 채, 그에게만 모든 짐을 떠넘기고 있는 건지도 모르겠습니다.”

“그래, 그럴지도 모르겠구나. 미안하게도 나는 그 이상의 방법을 알지 못한단다. 에스투스 너라면 새로운 길을 찾을 수도 있겠지. 다만 우리는 어떤 상황에서도 그 아이가 옳은 선택을 할 거라고 믿고 있지 않으냐. 그게 무엇보다 중요하단다.”

어른은 아이들이 잘 자랄 수 있도록 최선을 다하고, 아이들은 그런 어른을 존경하며 자란다. 이는 인탈리엔의 존속의 가장 중요한 요건이다. 대대로 이어져온 인탈리엔의 위대한 정신에 따라 우리 모두는 하나의 세상에서 하나의 생각을 공유하고, 결국 같은 곳으로 나아가려는 위대한 사명을 지고 태어난다. 따라서 우리는 필연적으로 타인과 함께일 수밖에 없으며, 일생의 대부분을 다양한 공동체의 일원으로 살아간다.

사람은 자라며 여물어가는 존재이므로 얼마를 살았는지에 따라 앎의 차이가 있다. 따라서 공동체는 보통 나이를 기준으로 한다. 스스로 생각하고 있음을 인지하는 나이인 대략 6세에 첫 공동체에 참여하는 것이 일반적이다. 8세까지는 씨앗 공동체에 속하고, 9세부터 12세까지는 싹 공동체, 이후 15세까지는 줄기 공동체에 참여한다. 15세가 넘어가면 잎 공동체에 소속된다. 이 기준은 명확히 정해진 것은 아니며, 지역과 사람에 따라 부르는 명칭에도 조금씩 차이가 있다. 성장기에 속하게 되는 이 공동체들은 장차 사회를 이루는 더 큰 공동체인 열매와 뿌리로 나아가기 위한 준비 단계이다. 이는 인탈리엔의 매우 중요한 기반으로서 많은 사랑과 돌봄을 받는다.

우리는 누구나 원하는 공동체를 스스로 선택하여 대부분의 시간을 그곳에서 보낸다. 자연과 음악, 학문과 예술에 대한 이야기가 주를 이루며 일과 놀이를 모두 즐겨 한다. 지켜야 할 규칙도, 어떠한 평가도 없는 완전히 자유롭고 아름다운 공간에서 일찍이 우리의 부모님, 조부모님을 비롯한 모든 이들이 싹을 틔웠다. 우리는 주고받음을 가장 중요한 가치로 여긴다. 나이가 많은 이들은 이미 자신들의 공동체에서 충분히 성숙한 가치를 후대에 전한다. 어린 이들은 그들의 지혜를 받아들여 그들처럼 훌륭한 어른으로 자라난다. 그 과정에서 기쁨은 자연히 따라온다.

― 에스투스 저, 『공동체의 기쁨』 중

"참으로 아름다운 일이지."

"예, 정말 그렇습니다. 그런데 스승님께서도 먼 옛날에는 씨앗 공동체로부터 출발하셨는지요? 스승님처럼 지혜로운 분께도 저희와 같은 시절이 있었다는 게 놀랍습니다."

"물론이다, 에스투스. 나 역시 인탈리엔의 축복 속에 심어진 하나의 작은 씨앗에 지나지 않았단다. 오랜 세월 다양한 공동체를 거치며 많은 이들의 사랑과 헌신 속에서 자랐고, 나이가 들고 보니 어느새 너와 말루스라는 행복을 얻게 되었더구나."

"저희야말로 스승님의 품에서 자랄 수 있어 행복합니다. 얼마나 큰 영광인지요."

"그리 말해주어 고맙구나. 그리고 잘 알겠지만 이 모든 건 결코 나 혼자 이뤄낸 것이 아니다. 나를 키워낸 모두의 결실이지. 그래서 나에게 맞는 공동체와 함께하는 것이 중요하단다."

"그렇습니다. 하지만 스승님, 알고 계시지요? 말루스는 현재 어떤 공동체에도 참여하고 있지 않습니다. 물론 그는 아주 똑똑하고, 혼자서도 무엇이든 해낼 용기가 있는 사람이지만 가끔은 그가 혼자서 너무 많은 시간을 보내는 것이 어떤 결과를 불러올지 예상할 수 없게 됩니다."

"예상할 수 없다는 건 정확히 어떤 의미지?"

"음, 솔직히 말해 두렵습니다. 말루스가 말하길 두려움은 무언가를 잃게 될 것을 미리 아파하는 마음이라 했습니다. 아직 그 일이 일어나기도 전에 말입니다."

"두려움이라. 어찌 보면 그것은 사랑의 다른 이름이겠구나."

"사랑 말씀이십니까?"

"그래. 나는 두려움이라는 감정을 잘 모르지만, 네 말대로라면 말루스에게 나쁜 일이 일어나지 않기를 바라고, 그를 돕고 싶어 하는 따뜻한 마음이 아니냐?"

"그렇습니다. 하지만 저는 이렇게 멀리서 발만 구르고 있지, 그의 곁에 다가갈 용기가 없습니다. 그가 저를 원하지 않으니까요."

"괜찮다. 꼭 물리적으로 함께하는 것만이 방법은 아니란다. 그 아이를 생각하는 동안은 그와 함께 있는 것이나 다름없으니."

"저도 그렇게 믿고 싶습니다. 하지만 그는 혼자 있을 때 대부분 아픈 표정을 짓고 있습니다. 제가 곁에 있다고 해서 나아지는 것은 아니지만…… 사람과 떨어져 지내는 시간이 길어질수록 얼굴이 더욱 창백해져갑니다. 저는 그 모습을 보고 있기가 어렵습니다."

"물론 나도 그 얼굴을 보았다. 알면서도 내버려둔다는 건 힘든 일이지. 하지만 말루스의 선택을 존중하는 게 더 중요하다고 생각한다. 말루스가 스스로를 아프게 할까 두려워하는 건 곧 그에 대한 믿음이 약해졌다는 뜻이겠지. 그러나 그것이 잘못되었다고 생각하지는 않는다. 믿음이든 두려움이든 방식의 차이일 뿐 그를 생각하는 어여쁜 마음이라는 점에서는 같으니까. 그것이 사랑이 아니겠니?"

"사랑…… 확실히 그렇습니다. 저는 말루스를 사랑하는 것 같습니다. 그래서 그가 방문을 열고 밖으로 나왔으면 좋겠습니다. 꼭 제가 아니어도 좋으니, 누군가와 만나 온기를 나누고 함께 웃으며 살아가길 바랍니다."

"그래. 나 또한 그렇다. 그 마음만으로 이미 우리는 말루스를 돕고 있는 거란다."

"하지만 그에게는 우리의 사랑이 닿지 않는 것 같습니다. 어떻게 하면 진심을 전할 수 있을까요?"

"전해야 할 것이라면 언젠가 전해지기 마련이란다. 말루스 그 아이가 스스로 듣고자 할 때까지 기다려주렴. 그때까지 이 마음을 놓지 않고 간직하는 것도 무척 어려운 일이야. 할 수 있겠니?"

"……네, 할 수 있습니다. 기다리는 건 자신 있으니까요. 오늘의 이야기를 기록해두고 언젠가 말루스에게 꼭 전할 수 있도록 하겠습니다. 하지만 그날이 너무 멀지는 않았으면 좋겠습니다."

"그래. 그 아이를 믿고 함께 기다려보자꾸나."

우리는 '우리'이기 위해 '공동체'를 만들었고, 공동체가 모여 곧 '세계'가 되었다. 따라서 세계의 기쁨이란 우리의 기쁨, 공동체의 기쁨과 다르지 않다. 이곳 인탈리엔은 모두가 조화롭게 살아가는 세계다. 서로 존중하고 배려하며 사랑하는 것만으로 이 세상에 나고 죽기까지의 모든 과정이 매끄럽게 이어진다. 그리고 이 일련의 과정은 인탈리엔을 관장하는 '위대한 정신'의 조율을 받는다.

위대한 정신은 하나의 거대한 우리가 품은 생각에서 태어났다. 그것은 우리 모두의 기쁨과 행복, 바람이 모여 만든 어떤 무형의 덩어리 같은 것으로, 평소에는 대지에 담겨 있다가 인탈리엔에 새로 심어지는 모든 새싹에 깃든다. 우리 모두는 위대한 정신으로부터 태어났지만, 반대로 그것을 구성하는 것 역시 우리다. 어떤 식으로든 우리가 변하면 그것도 변한다. 고로 우리는 위대한 정신에 무조건적인 순종을 바치는 데 거리낄 것이 없다. 그것의 존재 자체가 우리의 본질과 통해 있기 때문이다.

위대한 정신은 우리에게 행복하라 말한다. 행복하기 위해 늘 기뻐하라 속삭인다. 기쁨은 우리를 살게 하는 힘으로 생명력과도 같다. 기뻐하는 한, 우리는 언제까지고 살아 있을 수 있다. 설령 육신이 죽어 스러진다 한들 그 부스러기는 땅을 비옥하게 하여 다음 씨앗을 길러낸다. 그릇을 떠난 영혼은 인탈리엔으로 돌아가 평생 쌓아온 기쁨을 환원하고 위대한 정신의 일부가 된다. 따라서 우리에게는 죽음 또한 기쁨이다. 그리하여 우리는 기쁨으로 나고, 기쁨을 주고받으며 살다가, 기쁨 그 자체로 돌아간다. 세계는 오직 기쁨으로 이루어져 있다.

— 에스투스 저, 『세계의 기쁨』 중

"우리는 분명 기쁨에서 태어난 존재입니다. 누가 알려주지 않아도 그 사실을 명확히 인지하고 있죠. 만약 그렇지 못한 단 하나의 예외가 존재한다면 그것은 제 친구 말루스일 겁니다."

"말루스가 세계의 기쁨으로부터 벗어나 있다고 말하고 싶은 게로구나."

"그렇지 않다고 믿고 싶습니다. 하지만 그는 자신이 줄곧 혼자만의 세계에서 살아가고 있다고 말했습니다. 인탈리엔이 아닌 다른 곳에서요."

"다른 세계라. 그 아이가 가지고 태어난 것, 인탈리엔에는 없는 그 특별한 것을 악이라 부른다고 했지? 그것은 굉장히 진취적이고 강렬한 향을 풍기더구나. 본능적으로 움츠러들면서도 결코 눈을 돌릴 수 없게 하는 힘이 있었어."

"예, 분명 그렇습니다. 저도 어린 날 말루스의 악에 이끌려 여기까지 오게 되었으니까요."

"그 향은 어찌나 강한지, 옆에 선 다른 이들의 체취를 모두 덮어버릴 정도일 수도 있다. 그래서 자기 주위에 있는 소중한 것들을 놓쳐버릴 수도 있어. 말루스 그 아이가 충분히 성숙하기 전까지는 스스로 그것을 이겨내기가 아주 힘이 들 거야. 하지만 언젠가는 힘의 균형이 뒤집히는 순간이 올 거다. 우리가 할 수 있는 일은 그때까지 묵묵히 기다리는 것뿐이지. 한발 물러서되, 결코 그 아이에게서 멀어지지 않은 채 말이야."

"하지만 그가 이겨내기 전에 악에 잡아먹혀버릴 수도 있지 않겠습니까. 혼자서 감당하기에 그것은 너무도 큰 짐입니다."

"물론 버겁겠지. 우리로서는 상상도 할 수 없을 만큼 무거울 거다. 하지만 위대한 인탈리엔의 정신께서 말루스에게만 악을 내려준 데는 그만한 이유가 있지 않겠니. 악이 순전히 괴로움만을 품은 것이라면 우리 모두가 나눠 지게 되었을 거다."

"악이 주는 기쁨이란 것도 있을 거라는 말씀이신가요. 하지만 저는 말루스가 웃는 모습을 본 기억이 없습니다. 기쁨은 사람을 웃게 만드는 것일 텐데요. 저 역시 오랜 기간 악을 사유해왔지만, 그로 인해 행복하다고 느낀 적은 없었습니다."

"에스투스, 너무 큰 기쁨은 오히려 사람을 울리는 법이란다. 말루스는 모르고 있겠지만 그 아이는 이미 기쁨 속에 있어. 너 또한 마찬가지다. 언젠가 깨닫는 순간 행복은 자연히 너희 곁에 있을 거다."

"정말 그랬으면 좋겠습니다. 악의 기쁨에 대해서는 저도 다시 생각해보겠습니다."

"그래야지. 에스투스, 잘 듣거라. 나는 저물어가는 나무다. 다가올 미래는 말루스와 네가 이끌어나가야 해. 너희 손으로 선택한 결과라면 그게 어떤 모습이든 그 자체로 인탈리엔이다. 나는 너희가 자랑스럽지 않았던 적이 없다. 모진 풍파가 있더라도 함께라면 이겨낼 수 있을 거다. 서로를 믿고 계속 나아가거라."

"네, 스승님. 그리하겠습니다. 어떤 상황이 닥쳐도 저는 마지막까지 말루스와 함께일 겁니다."

✠

하나로 엮인 원고 속에는 이렇게 책의 내용과 그들의 대화
가 번갈아 적혀 있었다. 토씨 하나 바꾸지 않고 있는 그대로 적
었음이 느껴지는 정직한 문체였다. 이 서재에서 울렸을 그들
의 목소리가 귓가에 생생했다. 그들에게 말을 건네고 싶었지
만 자꾸만 목이 메어 소리가 나오지 않았다.

맨 뒷장에 적힌 편지는 차마 한 번에 읽을 수 없었다. 나는
떨어지는 고개를 억지로 들어 올려, 글자로 남은 에스투스를
마주했다.

말루스, 네가 이 기록을 보게 되는 날이 올까? 혹시 여기까
지 도달했다면 부디 이것을 너에게 직접 전하지 못한 나를 용
서해주길 바라. 너는 혼자 있는 시간이 필요하다고 했어. 스승
님과 나는 계속 너의 방문을 두드리고 있지만, 언제 열릴지 알
수 없어 고민하다 이렇게 기록을 남긴다. 나는 너에게 미움받
고 싶지 않았어. 너는 내 유일한 친구인걸. 말루스, 네가 열심
히 악을 가르쳐줬는데도 난 여전히 부족한가 봐. 거짓된 마음
으로 너에게 다가갈 수는 없었어. 그래서 내 진심을 이렇게 숨
겨두는 게 고작임을 이해해주길. 이것만으로도 나는 가슴을

찌르는 통증을 참아내고 있어. 말루스, 이것 하나만은 기억해
줘. 할아버지와 나는 진심으로 너를 사랑하고 있어. 인탈리엔
에서 태어난 자의 숙명이 아닌 우리 자신의 선택으로, 다른 누
구도 아닌 너를 말이야. 그리고 너 역시 우리를 사랑하고 있음
을 확신해. 그걸 깨닫는 데 이 기록이 도움이 되었으면 한다.

너의 사랑하는 친구,
에스투스가.

생각해보면 그는 늘 무언가를 적고 있었다. 그리고 분명히
그것들을 내게 보여주려고 했었다. 밀어냈던 것은 늘 내 쪽이
었다. 진실이 궁금하다고 말하면서도 실제로 마주하기가 두려
웠다. 혹시라도 내가 그의 주장에 패한다면, 나도 모르게 마음
속에서 선한 것들을 인정해버린다면, 나의 악은 정당성을 잃
고 바닥으로 추락할 것이었다. 이미 내게는 아무것도 없었는
데, 나의 악을 동경하던 그 유약한 소년이 실은 나보다 더 무
거운 짐을 지고 살아가고 있음을 깨달아버렸다면 당시의 나는
분명 무너졌을 것이다. 나는 알게 되기를 필사적으로 거부했
다. 정작 무지한 것은 나였다. 나는 해야만 하는 선택들을 내팽
개치고 세계로부터 눈을 돌리고 있는 겁쟁이일 뿐이었다. 그

오랜 세월 동안 방 안에 틀어박혀 세상을 원망만 하고 있었다. 하지만 에스투스는 달랐다. 그는 어떤 상황을 마주해도 피하지 않았다. 부딪히고 깨져서 피가 흐를지언정 그것을 끝까지 알아가고자 했다. 그렇게 매 순간 필사적으로 선을 선택하며 살아가고 있었다. 그 선택이 얼마나 버거운 것이었던지, 그만 다른 것에는 잠깐 눈길을 줄 겨를조차 없었던 게 틀림없다. 그래서 악의 존재조차 몰랐던 것일 테다. 아마 에스투스 뿐만 아니라 인탈리엔의 모두가 그랬겠지. 그런 그들을 망쳐놓은 것은 나였다.

그제야 나는 처음으로 내 친구 에스투스를 마주볼 수 있었다. 내 눈꺼풀에 각인된 그의 노회한 얼굴이 찬란하고 순수했던 시절 안경잡이 꼬마의 모습으로 바뀌어갔다. 나의 좁은 세상에 금이 가고 있었다. 틈으로 새어드는 빛에 다리가 풀리고 온 얼굴의 근육이 힘을 잃어갔다. 옛적에 나누었던 그와의 대화가 희미한 아지랑이처럼 피어올랐다.

"에스투스, 너와 나를 포함해 모든 개인은 자신이 나아갈 길을 스스로 선택할 능력이 있는 존재로 태어났어. 하지만 이곳 사람들은 모두 그 위대한 권리이자 책무를 외면한 채 살아가지. 그저 태어났으니 사는 것, 주어진 것에만 만족하며 사는 삶에 어떤 의미가 있을까? 우리는 늘 선택해야만 해. 그것이 아무리 고통스럽더라도 말이야. 진정한 행복은 선택의 뒷면에 잠들어 있어."

"말루스, 자네가 내게 해주었던 말이네. 나는 마침내 선택한 거야. 자네의 악을 세상에 전하기로! 이런 미래를 고르기까지 내가 얼마나 많은 고통 속에 몸부림쳤는지 자네는 모를 테지. 나는 내 선택에 만족하고 있네. 열매는 달고, 가끔은 가시에 찔리기도 하지만 그것마저 기쁘게 받아들이고 있어. 이보게, 말루스. 웃어보게! 나는 이 인탈리엔 전체보다 자네 하나를 선택한 거야. 어째서 기뻐하지 않는 겐가?"

"에스투스. 아아, 에스투스……!"

허물어지는 내 등 뒤로 햇살이 부서졌다. 그들이 살았던 세상은 이리도 밝은 곳이었던가. 이제야 빛이 들기 시작한 나의 세상에는 관심도 없다는 듯, 인탈리엔은 그 순간에도 열심히 악을 향해가고 있었다.

그들의 세상은 언제나 나를 향해 열려 있었다. 선택은 나의 몫이었으나, 평생 그 한 발자국을 걸을 용기를 내지 못했었다. 이제는 스스로 선택해야 할 때였다. 에스투스의 진심, 그 피땀 어린 노력에 어떤 답을 내놓을지는 오직 나에게 달려 있었다.

나는 그에게 사과해야 했다. 내가 어리석었노라고, 너의 외침을 이제야 전해 들었노라고 말해주어야만 했다. 그러기 위해서는 우선 현실로 돌아와야 했다. 나 이외에 아무것도 존재하지 않는 이곳에서는 불가능한 일이었다. 이제 내게는 닻도 줄도 없었다. 오로지 나의 손발로 헤엄쳐 드넓은 바다를 가로질러야 했다. 마침내 땅이 보이기 시작했지만 인탈리엔과 그 너머의 경계, 세상의 끝을 기어오르는 데는 억겁의 노력이 필요했다. 노쇠한 나는 매일 스스로의 과오를 되새김질하며 고통에 몸부림치는 것 말고는 아무것도 할 수 없었다. 잠들지 못하는 날이면 밤새 몸을 비틀며 후회를 한가득 토해냈다.

모든 걸 내려놓고 다시 편해지고자 하는 욕망이 끊임없이 차올랐지만, 이제 생각하기를 포기해도 안식이 찾아오는 일은 없음을 알게 되었다. 진짜 평화를 얻기 위해 나는 에스투스에게 용서를 빌어야만 했다. 발버둥을 멈추고 바다에서 죽어 가라앉아버리면 그 기회는 영원히 사라질 것이었다. 너무도 괴로운 나날이 이어졌지만, 에스투스가 나를 위해 바친 인고의 시간들에 보답하기에는 터무니없이 부족한 고통이었다. 낮인지 밤인지도 모를 그 무한한 시간의 굴레 속에서 나는 내면의 소리와 에스투스와의 대화를 끊임없이 곱씹었다. 그리고 자연스레 나의 일생을 천천히 돌아보기 시작했다.

회고록

나는 악인으로 태어났다. 처음에는 나만이 무언가 다르다고 느꼈다. 악의 존재를 알게 된 뒤로 그것을 경멸했고, 곧 받아들였고, 이용하기 시작했고, 이내 시들해졌다. 에스투스에 의해 다듬어진 나의 악은 다시금 나를 삼켰고 나는 악에 도취되었다. 그러나 에스투스가 만들어낸 그것은 본질적으로 나의 악과는 달랐다. 사람들에게 퍼져나간 악은 더욱 그랬다. 그들은 타고난 성실함으로 악을 행했다. 본질적으로 악을 이해하지 못했기에 사유하기 전에 우선 행동하는 방식으로 악을 배워나갔고, 그들의 악은 충분히 성숙할 기회를 얻지 못했다. 어린 악은 세상을 빠르게 물들였다. 무언가 단단히 잘못되었음을 깨달은 나는 어떻게든 사태를 수습해보려 했지만, 나의 작은 악으로는 그 거대하고 단단한 악의를 막을 수 없었다.

나는 자조했다.

"저들의 악에 비하면 내 악은 선이로구나."

그제야 비로소, 평생 나를 가두고 있던 경계를 넘어 진정한 악을 만나게 되었다. 악이란 고정불변하지 않고 절대적이지 않은 것. 판단에 따라 달라질 수 있으며 근원적으로는 선과 구분되지 않는 것이었다. 내가 두 개의 독립적인 세계라고 생각했던 것, 세상의 끝이라고 믿었던 것, 온갖 복잡하고 무한하고 기묘하며 어리석었던 선과 악의 뒤엉킴이 결국은 내 작은 세상 안에서만 존재하는 유희였음을 깨달았다. 스스로 그어둔 비좁은 선 안에서 나는 그토록 처절했다. 아아, 끔찍이도 사랑스러웠던 나의 악이여. 악은 결국 나의 다른 이름이었다. 내가 나이길 바랐던 모습, 허상이었다. 모든 것들이 제자리를 찾아가고, 나의 이야기는 비로소 종장에 도달했다.

이미 떠나고 없는 에스투스에게 이 사실을 알릴 방법을 찾아 헤맸다. 오래 고민할 필요는 없었다. 그가 좋아하는 방식은 세상 그 누구보다 내가 잘 알고 있었으므로. 나는 내 작은 세계에서의 치열했던 투쟁의 역사를 회고하며 삶의 마지막을 앞둔 지금 펜을 집어 들었다. 내 첫 번째 악의 기록이었던, 에스투스에게서 가져온 콩자반처럼 검은 펜을.

✠

에스투스에게

어떤가, 에스투스. 여기까지가 나의 삶이었네. 자네에게는 극히 일부만 비추어졌을 나의 진짜 내면을 숨김없이 담았네. 마침내 여기까지 써내는 데 정말 오래도 걸렸군. 터져 나오는 것들을 막을 수 없어 이리 모든 걸 쏟아내고 나서야 잠깐 멈출 수 있게 되었어. 내가 왜 이것을 쓰게 되었더라, 가만히 되짚다가 회고록의 맨 첫 장을 보게 되었네. 속죄였더군. 나는 자네에게 용서를 구하기 위해 이리 먼 길을 돌아왔더랬네. 자네가 떠난 지 이미 오래건만, 제대로 전해질지도 알 수 없는 사과 한마디를 이리도 어렵게 건네는군. 진정 답답하고 어리석은 인간은 나였던 모양이야.

그런데 에스투스, 이제 와 미안한 소리를 하나 더 해야 할 것 같네. 자네가 나를 용서하기도 전에 나는 이미 스스로를 용서해버린 모양이야. 내 모든 생을 풀어내고 드디어 자네에게 말을 걸 수 있게 된 지금, 내가 느끼는 감정은 죄스러움이 아닌 안도감이거든. 하하, 이 얼마나 뻔뻔한 사람인지. 하지만 에스투스, 친우의 마지막 변명을 들어주게. 자네와 내가 입씨

름을 벌이던 때와는 상황이 많이 달라졌다네.

악의 씨앗이 퍼진 후로 사십 년에 가까운 세월이 흘렀네. 악의 창조주인 나와 자네는 힘을 잃었건만 놀랍게도 세상은 스스로 새로운 균형을 잡아가고 있었던 것 같아. 애초에 인탈리엔의 모두는 그 무엇도 아니었네. 그저 우연히 인탈리엔에 태어나 생긴 대로 살아갈 뿐, 그들이 스스로 얻어낸 건 아무것도 없다고 여겼지. 자네가 들었다면 "역시 말루스 자네다운 생각이로군" 하고 쏘아붙였겠지만 내 눈에는 그리 보였네. 하지만 이제는 얘기가 달라졌어.

악의에 휩쓸린 사람들은 누군가의 것을 빼앗았네. 속임수를 썼을 수도 있고, 어떤 이들은 폭력을 휘두르기도 했겠지. 이건 분명 악이 만들어낸 부작용이라네. 하지만 그 덕분에 빼앗긴 이들의 편에 선 누군가는 지키는 자가 될 수 있었네. 분명한 것은 빼앗는 쪽이든 지키는 쪽이든 그들이 분명한 자유의지에 의해 자신의 입장을 선택했다는 거야. 에스투스, 이게 무엇을 의미하는지 알겠는가? 누가 선이고 악인지는 그리 중요치 않네. 비로소 그들은 자기 자신으로 존재하게 된 거야.

게다가 악이 더해졌다고는 해도 그들의 본성 자체는 변하지 않더군. 필요에 의해 악을 행위하다가도 중요한 순간에는 선으로 되돌아오는 경우를 많이 보았어. 결국 그들이 어느 쪽을 더 많이 선택했을지는 뻔한 일이지. 점차 악을 비판하는 목소리가 들려오고, 악은 제풀에 지쳐 수그러들었네. 한 번 자리잡은 악은 절대 사라지지는 않았지만 기세가 한풀 꺾인 듯 필요할 때만 가끔 등장하는 정도에 그쳤지. 조금 어른스러워졌달까? 그 일련의 과정이 마치 지난날의 나를 돌아보는 것 같아서, 나는 멋대로 위로를 받아버린 것 같아. 내게 용서받을 자격 같은 건 없었을 텐데. 온 세상이 나를 다독이는 것 같았어. 괜찮다고, 원래 다 그런 거라고.

인탈리엔의 위대한 정신은 사라졌네. 하지만 엄밀히 말하면 사라졌다기보단 쪼개졌다고 할 수 있겠지. 개인으로 나뉘었던 사람들은 어느 정도 안정을 찾은 세상에서 다시 하나둘 뭉치기 시작했어. '서로 다른 나'들 가운데 다르지만 비슷한 구석이 있는 사람들이 만나 서로의 의견을 들었고, 인정할 수 없는 부분에 대해 이야기하고 조금씩 받아들였네. 그렇게 자신의 것을 전하고 상대의 것을 수용하며 서로를 바꿔나갔지. 그렇게 작은 '우리'들이 만들어졌고, 그 수많은 우리의 생각이 모여 작은 정신들을 이루더군. 인탈리엔은 그렇게 수많은 정신을 갖게 되었네.

모두가 하나의 위대한 정신을 따르던 과거의 인탈리엔은 성숙하고 이성적이었지. 기억하는가? 그때는 세상 구석구석이 평화롭고 밝았어. 피아노와 첼로, 바이올린, 콘트라베이스. 모든 악기가 제 역할을 알고, 각각의 음표들은 정해진 길을 따라 쌓여 마침내 거룩한 노래를 울렸지. 그런데 세상이 변했어. 이제 사람들은 수많은 가치를 스스로 선택해 부딪히고 합쳐나가고 있네. 각각의 악기가 자신의 존재감을 과시하며 충돌하다가도 가끔은 하나의 조화로운 화음을 쌓아 단단한 선을 이루곤 하더군. 그리하여 현재의 인탈리엔은 활기가 넘치며 보다 젊고 싱그럽다네. 선율은 금세 흩어지기도 하지만 반드시 다시 만들어져. 영원히 통일된 것은 없지만, 어느 하나가 영영 묻히는 일도 없지. 악이란 원래 그런 것이었던 모양이야. 우리를 해치는 존재가 아닌, 새로운 우리를 만들어 내기 위한 조금 불친절한 계기. 그저 충분히 사유되고 성숙하여 균형을 찾을 시간이 필요했을 뿐이었던 게 아닐까. 선과 악, 무엇을 믿든 우리는 결국 옳은 선택을 향해가는 자들이라는 걸 내가 너무 늦게 알아버린 것 같네.

많은 것이 부서졌지만 그래서 더 자주 합쳐지고 더 많은 것들이 생겨났네. 새로 얻는 기쁨이란 가만히 주어진 기쁨보다 큰 것이어서, 사람들이 느끼는 기쁨의 총량은 오히려 늘어난 것 같더군. 지금의 인탈리엔이 과거 우리가 살았던 무결한 세계보다 낫다고는 결코 말할 수 없네. 하지만 퇴보했느냐고 묻는다면 그렇다 답할 수도 없겠어. 둘은 다만 다른 것이 아닐까. 무엇이 옳은지 우리는 판단할 수도 없고, 판단할 필요도 없다고 생각하네. 어떤 수를 써도 우리가 살던 과거로 되돌아갈 수는 없으니. 다만 우리는 받아들여야겠지. 새로이 모습을 드러낸 어린 세계의 싹을 잘 보듬어 훌륭히 키워내는 수밖에 없는 거야. 다 크고 난 후의 모습이 어떨지 모르겠지만, 뭐 상관없지 않겠나? 받아들이는 것이야말로 그들의 특기가 아니었던가. 그들은 잘 해낼 것이라 믿네. 내가 없어도, 에스투스 자네가 없어도 인탈리엔은 분명 앞으로 나아갈 거야. 우리의 역할은 여기까지였던 것 같네.

어떤가, 에스투스. 자네가 인탈리엔의 고귀한 정신으로 남아 이곳을 살피고 있다면 분명 나와 같은 것을 느끼고 있으리라 생각하네. 재미있는 게 무엇인지 아는가? 아이러니하게도 내 안에 가득 차 있던 것이 외로움과 수치심이라는 것을 인정하고 나서야 처음으로 기쁨을 느끼게 되더라는 거야. 그들이 키워낸 악이 나의 오랜 갈증을 풀어줌으로써 이제야 그들과 함께하게 된 거지. 나는 자네가 그토록 예찬했던 기쁨과 뒤늦게 수줍은 인사를 나누고 있네.

그래서 말인데, 자네가 허락한다면 『악의 기쁨』에 작은 사견을 덧붙이고 싶네.

"악의 근원은 분명 욕망과 맞닿아 있다. 어찌 보면 취하고 싶고, 이루고 싶은 것에 도달하기 위한 아주 효율적인 방법론으로 볼 수도 있을 것이다. 그 과정에서 가끔은 남보다 나를 우선하게 되고, 그리하여 누군가를 상처 입힐 수도 있겠다. 그러나 악의 본질은 결코 남을 해하기 위한 것이 아니다. 적절한 선을 지키고 나 자신이 납득할 수 있는 방법으로 이득을 취해, 비로소 행복하다고 느낄 때 악은 가치를 갖게 되는 게 아닐까. 원하는 것을 모두 갖는다고 해서 진정한 행복에 닿을 수는 없다. 진짜 행복은 욕망에 저항하는 인간의 아름다움에서 온다는 걸 우리는 잊지 않아야 한다."

하하, 너무 가르치려드는 투인가? 어쩌면 나는 여전히 깨달은 척을 하고 있는 어린아이인지도 모르겠네.

여담이지만 회고 중에는 되도록 그 시기에 알고 있던 단어들만 쓰고자 했는데 이 부분에서 무척 애를 먹었다네. 그 시절 자네와 함께 고심했던 나의 시선으로, 내가 느꼈던 날것 그대로의 악함을 표현하고자 했지. 그것이 자네가 나를 가장 잘 이해할 수 있는 길이자, 내가 할 수 있는 최대한의 사죄라고 생각했거든. 무진 답답했을 것인데 여기까지 읽어주어 고맙다는 말을 전하고 싶네.

자, 이제 마무리를 지을 시간이군. 다음은 내가 평생을 바쳐 질문했던 '악의 5문답'이라네. 자네와 내 할아버지의 대화록을 읽고 또 읽으며 고심했던 내용일세. 내가 제대로 이해한 게 맞다면 다음에 만났을 땐 부디…… 잘했다는 말 한마디만 들려주게.

악의 5문답

"악은 특별한 무언가가 아니다. 악하고자 한다면 언제나 그
럴 수 있다. 하지만 누구도 그럴 수 없다."

— 망누스와 에스투스

첫째, 악은 무엇인가

악은 본질적으로 선과 같은 것이다. 사람에 따라 상황에 따
라 그것이 주체에게 옳게 작용한다면 그것은 선이요, 그르게
작용한다면 악이다. 고로 선과 악은 본래 하나이며 그것을 어
떻게 판단하는지에 따라 껍질이 변할 뿐이다.

둘째, 그렇다면 선은 무엇인가

본래 '악과 정확히 반대되는 것'이라고 생각했다. 그러나 선과 악이 본질적으로 같은 것이라는 전제하에 선을 새로이 정의한다. 선은 '조절할 수 있는 악'이다. 악을 이용해 주체를 이롭게 하거나, 혹은 해를 끼치는 선을 공격해 무력화시키는 악이 곧 선이다.

셋째, 왜 악을 사유하는가. 충분히 사유했다면 왜 그것을 행위하는가

악은 인식하지 않아도 본래 존재하는 것이다. 사유하는 것은 그를 조절하기 위함이며, 행위한다는 것은 주체를 이롭게 하기 위해 제어할 수 있는 만큼의 악을 풀어놓는 것이다. 고로 행위되는 악은 그 순간 이미 선이다.

넷째, 악에 저항하는 방법은 무엇인가

사유하는 것만으로는 충분치 않다. 또한 내내 가둬둘 수도 없다. 둑으로 막아둔 악은 계속해서 불어나 언젠가 터지고 만다. 조절 가능한 만큼의 악을 꾸준히 행위해 양을 적절히 줄여두어야 한다. 그리고 한 번씩은 바닥이 보일 만큼 비워야 한다. 고인 악은 썩는다.

다섯째, 이미 넘친 악을 어떻게 주워 담을 것인가

조절하지 못해 쏟아진 악은 범람한 물과 같다. 주워 담을 수 없을 뿐 아니라, 이미 물길을 만들고 물꼬를 터 더 많은 악을 불러온다. 그렇기에 악을 다룰 때에는 충분히 사유한 뒤 행위하고, 만약 이미 넘쳤다면 아직 넘치지 않은 자와 함께 닦는다.

나의 벗, 에스투스. 나는 평생을 후회 속에 살았네. 이제는 모든 것을 내려놓았네만, 나로 인해 자네가 그 차가운 불길 속에 살았던 것이 못내 마음에 걸린다네. 미안하네. 그리고 이제야 겨우 전하네. 정말, 고마웠네.

우리는 결코 틀리지 않았어. 현명한 자네는 이미 알고 있었겠지. 오늘따라 자네가 퍽 그립군. 뒤늦게 따라온 나를 바라보며 점잖게 쏘아붙일 자네의 모습이 벌써 눈에 선하네. 똑똑한 자네는 이렇게 말하겠지.

"하하, 말루스 이 친구야, 이제야 알겠는가? 악 없이는 선도 없다네."

부록

이보게, 친구. 우리가 자주 걷던 오솔길을 기억하는가. 좌우로 늘어선 수삼나무의 녹빛 그늘이 끝없이 이어지던 그곳. 많은 얘기를 나누며 걸었지만 한 번도 끝을 본 적은 없었지.

언젠가 그곳을 혼자 걸었다네. 신발을 대충 구겨 신고 생각 없이 걷기 시작했는데 문득 끝까지 가야겠다는 생각이 들었어. 말도 안 되는 짓이었지. 한 시간, 두 시간을 걸어도 그늘이 계속 이어지더군. 시계가 없어서 정확하진 않지만 반나절도 넘게 걸었을 거야. 아침에 나섰는데 해가 뉘엿했으니 말이야. 그래도 계속 걸었네. 발이 찢어질 듯 아파오고 숨은 턱 밑까지 차올랐지만 어쩐지 멈출 수가 없더란 말이야. 마침내 해가 넘어가고서도 나는 계속 걸었네. 어쩌면 무언가를 기다리고 있었는지도 몰라. 나를 구해줄 누군가를, 혹은 다시는 돌아오지 않아도 될 곳으로 데려가 줄 누군가를. 하지만 그런 일은 없었네. 그 먼 길을 걷는 동안 마주친 이들은 몇 안 되었고 그들은 나를 슬쩍 비껴 지나갔네. 나는 계속 걸었어.

하늘 높은 줄 모르고 뻗은 나무들이 별빛마저 가린 탓에 그 길은 정말 어두웠어. 인탈리엔에서 내 마음보다 어두운 곳을 그때 처음 보았지 뭔가. 지금이 낮인지 밤인지, 내가 걷고 있는 곳이 현실인지조차 모호해질 무렵 나는 마지막 나무를 지나쳐 너른 곳으로 나오게 되었네. 그 밖에 무엇이 있었냐고? 찬란한 달빛, 초록의 평야, 황홀한 별세계라도 펼쳐져 있길 기대한 게 나쁜만은 아니었을 거야. 하지만 그런 일은 없었어. 어디에서나 볼 수 있는 흔한 목초지였네. 마을이라고 부르기에도 민망한 작은 공터. 허름한 오두막 하나가 달랑 서 있을 뿐이었지.

허탈했네. 현실이란 그리도 가혹해야만 했는가 말이야. 나는 대충 근처 밀밭에 드러누웠네. 오히려 홀가분하더군. 졸음이 쏟아졌고 그대로 눈을 감으면 다시 일어나지 않아도 되리라는 직감이 들었어. 그런데 웬걸 내가 벌떡 일어나 저쪽의 오두막으로 내달리는 게 아니겠나. 내가 다리에게 시킨 게 아닐세. 몸이 멋대로 나를 그곳으로 옮겨놓은 거야. 나는 세차게

문을 두드렸고, 이내 머리가 하얗게 센 노파가 눈을 동그랗게 뜨고 나오더군. 그녀는 나를 위아래로 훑어보더니 아무 말 없이 안으로 들였네. 그 밤에 먹었던 양파수프의 맛은 아직도 잊히질 않아.

날이 새고 나는 다시 길을 나섰네. 오래전 사별했다는 노파의 남편의 옷과 신발을 걸치고 주먹밥과 물통까지 건네받았어. 따로 할 말을 찾지 못했기에 겨우 고개를 한 번 숙이고 말았지.

그길로 나는 다시 걷기 시작했네. 이번에는 멀쩡한 신발이 있어서 한결 수월하더군. 산을 넘고 강을 건넜어. 주먹밥은 곧 동이 났고, 나는 지나는 길에 마주친 이들에게서 먹을 것을 구해야 했지. 생각 없이 나선 길이라 내게는 동전 한 닢 없었네만 어찌저찌 배곯지 않고 끝까지 갈 수 있었어. 돈을 받지 않고, 거짓말에 속아 넘어가지 않고도 음식을 내어주는 이들이 있었거든. 나는 그때마다 고개를 한 번 숙였을 뿐이야.

걷고 또 걷다 보니 인탈리엔이 참으로 넓다는 것을 알게 되었네. 우리가 살던 곳에는 잎이 넓은 나무들이 많았는데 걷다 보니 뾰족한 나무도 만나게 되고, 잎이 하나도 없는 나무도 보았어. 대놓고 겉이 새하얀 나무가 있었는가 하면, 평범하게 생겼지만 단면이 새까만 나무도 있었네. 거꾸로 서서 뿌리를 하늘로 향하고 있는 나무와 물속으로 뿌리를 내린 나무까지. 어찌 그들을 한데 묶어 나무라고만 부르는지 모를 일이었네.

그리고 어느 순간 나는 도착해버리고 말았네. 호수가 한꺼번에 뒤엎이는 소리가 들리는 곳, 그 어떤 나무도 허락지 않는 그곳, 바다에 말일세.

첫인상은 그래, 새까맣더군. 어둡고 거칠고 폭력적이었어. 모든 걸 집어삼키려드는 그것을 보고 있자니 내 고향이 맞구나, 하는 생각이 들었네. 그때의 기분을 뭐라고 설명할 수 있을까. 도망칠 수도, 그곳에 뛰어들 수도 없어서 나는 그냥 자리에 누웠네. 한숨 자고 일어나서 생각하려고 했지.

얼굴이 따끔거리는 통에 눈을 떴더니 글쎄 세상이 온통 옥색이더군. 바다라는 게 그렇게 푸를 줄이야. 어제와 같은 곳이 맞나 싶을 정도로 얌전하고 의연한 모습이었어. 나는 종일 그곳을 바라보았네. 불을 보고 있으려면 때때로 탈 것을 넣어주어야 했는데 물은 그러지 않아도 되어 좋더군. 저녁이 되자 바다는 해를 집어삼키며 금빛으로 볼을 붉혔고, 밤이 되니 다시 내 마음처럼 검어졌어. 어제는 보이지 않던 큰 달이 뜨더니 이내 검었던 바다가 온통 새하얗게 빛났네.

에스투스, 해와 달을 고루 비추던 바다는 어느 쪽도 차별하지 않았네. 그때그때 바람에 따라, 파도에 따라 조금 덜 보여주거나 더 보여주기를 반복할 뿐이었네. 한순간도 가만히 있지를 못하는 그 격정적인 아름다움이 퍽 신선하더군. 이런 곳이 내 고향이라면 그래, 나쁘지 않겠다 싶어 잠깐 웃음이 나왔다네.

자네에게도 그곳을 소개하고 싶네.
충분히 혼을 낸 후에, 미워도 어쩌겠나 싶은 순간이 오거든,

우리, 함께 바다에 놀러 가세나.

작가의 말

참 팍팍한 세상이다. 경기는 어렵고, 사람들은 자기밖에 모르고, 진정성 있는 것들은 점점 가치를 잃어간다. 뉴스는 마약이나 촉법소년 얘기를 떠드느라 바쁘다. 마치 온 세상이 악으로 가득 찬 것 같았다. 한참 고민이 많던 시절 우연히 떠오른 생각. '착한 사람들만 가득한 세상에서 내가 유일한 악인이라면 어떨까? 그러면 원하는 건 뭐든 가질 수 있을 텐데. 남 눈치 볼 것 없이 내 마음대로 살 수 있을 텐데.'『악의 회고록』은 그런 불순한 상상에서 시작되었다.

이 책은 한 인간의 회고록이다. 평생을 외롭게 살아온 옹고집 노인이 자신의 유일한 벗에게 남긴 속죄이자 선물이다. 그들의 이야기를 빌려, '나'밖에 남지 않은 상실의 시대를 사는 우리에게 잃어버린 진짜 '우리'의 가치를 되찾아주고 싶었다. 책을 덮고 나면 옆에 있는 사람을 한번 꼭 안아주고 싶어지는, 그런 낯설어도 따뜻한 글이길 바라며 썼다. 누군가를 상처 입히기도 하지만 실은 서로를 한없이 사랑하고 있는 우리, 차가운 세상에 상처받은 어른들, 진짜 가치를 갈망하는 젊은이들이 두 친구의 이야기를 통해 위로받을 날을 상상한다.

부끄럽지만 나는 쓰는 동안 많이 울었다. 읽으면서는 그보다 더 많이 울었다. 퇴고를 위해, 출간을 위해, 혹은 그냥 생각나서. 매번 주책없이 눈물을 쏟으면서도, 다양한 이유로 나는 이 책의 일등 독자가 되어야 했다. 사람들 보라고 써야 하는데, 어쩌면 나 보려고 쓴 게 아닐까 싶었다. 인탈리엔의 아픔과 기쁨을 온전히 공감할 수 있는 건 세상에 오직 나뿐이지 않을까 하여. 자기가 슬픈 줄도 모르고 매번 악을 지르던 남자 덕분에 많이도 울었다. 말루스와 함께 절규하고 에스투스와 함께 무너졌다.

사실 『악의 회고록』의 집필은 결말부터 시작했다. 마지막 문장을 먼저 써두고 그 결말에 도달하기 위해 앞의 내용을 채워나갔다. 그래서 출간이 결정되었을 때까지도 이 글의 마지막 문장은 "악 없이는 선도 없다네"였다. 깔끔한 마무리가 나름

흡족했다. 하지만 시간이 흘러 어느 날, 재차 원고를 완독했을 때 나는 어떠한 기로에 놓였다. 말루스가 나를 재촉하고 있었다. 아직 할 말이 남았다고, 이렇게 끝낼 수는 없다고 나를 계속 붙들었다. 이 고집 센 노인께 뭐가 그리 답답하시냐 여쭈었더니 바다 얘기가 빠졌지 않느냐 하신다. 아, 올 게 왔구나 싶었다. 인탈리엔을 쓰는 내내 바다는 내게도 두려운 곳이었던가 보다. 한참을 망설이다 하는 수 없이 펜을 쥐어드렸다. 좋을 대로 써보시라고.

그렇게 탄생한 것이 「부록」이다. 말루스가 전하고자 했던 진짜 속내. 진심. 파도에 밀려온 글자들을 허겁지겁 그러모아 마지막 온점까지 주워 담았다. 그제야 알았다. 내 욕심으로 말루스의 역할을 가로채고 있었다는 걸. 이 회고록은 친구에게 전하는 마지막 편지다. 누구에게 잘 보이자고 그리 멋들어지게 끝내려 했던가. 밀려오는 부끄러움과 그보다 더 큰 환희에 나는 또 한 번 눈물을 훔쳐야 했다.

「부록」에는 수정의 손길이 거의 미치지 않았다. 그날, 그때에 터져 나온 날것 그대로의 원문을 싣고자 했다. 그럼에도 가장 마음에 드는 대목이다. 「작가의 말」을 쓰기에 앞서 지치지도 않고 또 원고를 읽었는데, 읽는 내내 「부록」을 기다리며 설레어 하는 나를 보았다. 작가 본인이 제 글을 이렇게 좋아해도 되는지 조심스럽지만, 그럼에도 나는 저 둘의 이야기가 참을 수 없이 사랑스럽다. 여러분께서 그들의 손을 꼭 잡아주시길, 그리하여 그들이 살아온 세계를 온전히 느껴보시길 간절히 바라본다. 울고 웃고 화내며 입맛대로 즐겨주시기를.

2024년의 새벽
김연진

악의 회고록

© 김연진, 2024

초판 1쇄 인쇄일 2024년 2월 13일
초판 1쇄 발행일 2024년 2월 20일

지은이   김연진
펴낸이   정은영
편집   박서령 박진혜
디자인   박정은
마케팅   최금순 이언영 연병선 한정우
          윤선애 이유빈 최문실 최혜린
제작   홍동근

펴낸곳   네오북스
출판등록   2013년 4월 19일 제2013-000123호
주소   04047 서울시 마포구 양화로6길 49
전화   편집부 (02)324-2347, 경영지원부 (02)325-6047
팩스   편집부 (02)324-2348, 경영지원부 (02)2648-1311
이메일   neofiction@jamobook.com

ISBN 979-11-5740-400-1 (03810)